池袋ウエストゲートパーク11

恨意的遊行★憎悪のパレード

ISHIDA IRA
石田衣良
亞奇──譯

目次

池袋ウエストゲートパーク

煙塔

你知道池袋的煙塔嗎？

煙塔是ＪＲ北口步行三分鐘的狹窄大樓，聳立在居酒屋（二百九十圓均一價）和三級片戲院（客人全是靠年金生活的退休老年人）之間。其真正的名稱很有派頭「池袋北塔樓」，但沒人用這稱呼。煙塔就是煙塔。這稱呼大家都知道，因為它已經是知名的觀光景點。

遊走在藥事法和東京都毒品危害防制條例邊緣的迷你晴空塔。

我久違的故事，便是繚繞著煙塔如煙縹緲的異常事件。從中裊裊升起的煙裡飽含JWH-018、CP-4749、AM694等班機編號似的合成大麻素❶，吸食的效果比傳統天然溫和的大麻刺激。

你近來或許也聽說了。

吸毒昏頭的小鬼，有人在大街上倒地掙扎，瞳孔放大像牆壁的孔洞、有人自認該死跳下二樓兩腿骨折、有人戴耳機赤身裸體慢跑。毒蟲吸食合成大麻引發的事件層出不窮，連新聞都懶得播報。

這些年政黨輪替兩次，但世道沒太大的變化。日本的國債和電費與日俱增，出生率和正職的薪資則是江河日下。國家衰微使年輕人失去明天的希望，沉溺於毒品──至少報紙是這麼寫的，堪稱現代的神話。

可說實在，我也不清楚年輕人為什麼沉迷毒品。或許對未來感到絕望、或許純粹消愁解悶。哪個時代的小鬼都一樣，愈禁忌愈想嘗試。不過，短暫快樂的代價總是傷身傷腦。

池袋的真島誠也已年近三十（實際的年齡是祕密）。

後來的世代永遠叫人費疑猜。

❶類似大麻主要成分的化合物。

你回想年輕時就能理解。年長大叔的訓話是千篇一律，下個世代青年的行動卻是神鬼莫測。我計畫在還能言語時走江湖，每天在街頭側耳傾聽時代的風向。反正年金靠不住，我也不指望國家和政治家照顧。

街頭的人全憑本事、唇舌生存。

一月的池袋，一百八十度違背暖冬的預測。我一如既往在西一番街、暹羅貓額頭般小巧的水果店——也就是我家，顧店。冬季當令的豐香草莓、富士蘋果、清見橘子、富有柿一應俱全排列在店頭。

水果店早上很清閒，開店後發呆就能做生意。這天我一樣腳邊放個電暖爐，在店裡放空聽音樂。我不喜歡網路下載音樂。說來老派，但我偏好軟體套件。收銀旁鋪著青布的箱子是加拿大鋼琴演奏家格倫·顧爾德（Glenn Gould）的巴哈盒裝全集——三十八片CD、六片DVD。聽也聽不完的超級大作約一萬圓，音樂市場的低迷不振已至谷底了呢。

夕陽照得柿子橘紅發亮的午後四點，池袋的國王、安藤崇的聲音在狹小的店內響起。背景樂是巴哈的托卡塔曲。顧爾德宛如在敲打玩具鋼琴，琴聲略顯單薄。

「你聽聽他的故事。」

隨興的國王找上門來，沒有預約或事先告知。他穿著今年流行的藍色斜紋軟呢夾克，外面圍著圈雪白的圍巾。灰色褲子的長度剛好露出腳踝。前衛的古典風格。我沒看過崇仔翻閱時尚雜誌，但他總是掌握流行趨勢。

被國王拎著脖子的髒小鬼，大概十一、三歲，身穿繡滿徽章的牛仔褲、搭配灰色的派克外套，臉隱藏在外罩兜帽的棒球帽下，看不真切。

「這是工作？有錢賺嗎？」

我家是出名的黑心水果商，工時長、沒有獎金。我問小鬼：

「現在流行這種打扮嗎？」

灰色外套的肩膀到兜帽的遮掩處有條黑線，延續至右側臉頰。刺青在這裡不稀奇，但臉上刺青的小鬼連池袋也很少見；或是藉彩妝品畫上的刀疤？畢竟戰國遊戲蔚為風潮，我已跟不上十來歲的時尚了。

後方傳來老媽的聲音。

「哎呀，女孩子的臉不能受傷啊。」

這小鬼是女生？在我看來，她和坐在超商前的蠢男生沒兩樣。老媽用水壺的溫水沾濕毛巾，拿下小鬼的兜帽和棒球帽，擦拭她的臉。毛巾頓時染上黑炭。這小鬼是剛逃出火場嗎？雖然她頂著沖天的短髮，長相仍不失可愛。

「妳叫什麼名字？」

小鬼不正眼看我。

「倉科魅音。你們會報警嗎？」

我只是聳肩，老媽接口：

「崇仔有重要的事情找你商量吧。阿誠，好好照顧小女生。」

不知道為什麼，崇仔有令各個年齡女性為他傾心的特殊能力。威脅程度更勝拳擊手快如閃電的右刺拳。

我這是妒忌嗎？

我們移師到羅曼街的咖啡廳。

小鬼、崇仔、我。G少年看到我們帶著男裝打扮的叛逆少女，全都目瞪口呆地打招呼。不怪他們，這確實是很罕見的組合。我不像日本多數的男性有戀童癖。

我推開紫色玻璃門入內，店內沙發的紫絲絨嚴重磨損。

「妳想吃什麼儘管叫，這位擺臭架子的大哥哥請客。」

崇仔搶先對小鬼說。冷若西伯利亞冷氣團的聲音，隱約透露和煦的溫柔。天下紅雨了！這小鬼是什麼來頭？

「你們是舊識？」

崇仔看了一眼手錶。黑色鱷魚皮錶帶的沛納海RADIOMIR，又是我沒看過的新錶。

「我們已經認識了七十五分鐘。G少年的成員收管魅音妹的時候，我正好在附近，問完話就直接過去你的店了。」

收管？這詞不會用在放學後遊蕩的小朋友身上。

「魅音妹，妳幹了什麼好事？」

男孩似的少女低頭不吭聲。反倒是崇仔笑說：

「縱火，而且是在池袋站步行三分鐘的北口。」

日本初等教育徹底失敗。以縱火現行犯逮捕的小鬼，完全沒有反省的樣子。

「我不是兒童諮詢所。與其找我，不如找池袋署少年課輔導。」

池袋署有與我和崇仔結下十年不解之緣的吉岡刑警。他現在似乎稍微出頭露角了，地位相當於一般公司的組長。崇仔冷笑。

「行嗎？魅音妹，說出妳縱火的地點。」

少女抬頭，她的雙眼綻放含恨的漆黑光芒。

「北口煙塔。」

原來如此。我重新坐下，準備將事情問清楚。

煙塔位於ＪＲ池袋站沿線，往大塚方向三分鐘的地方，是屋齡超過三十年、狹窄的住商混合大樓。因為能買到所有煙品而有了這名稱。換言之，煙塔是非法藥品的綜合百貨公司。

「這小妮子在煙塔後巷的紙箱堆縱火。多虧Ｇ少年馬上滅火，煙塔一點事也沒有，才沒驚動消防隊。」

魅音立刻接著崇仔的後面說：

「那種大樓不如全燒掉。你們阻止得了我一時，阻止不了我一輩子。」

看來事情並不單純。魅音面前放著香蕉巧克力聖代、鬆餅和熱可可。我家境清貧，不曾這麼闊氣地點餐。我看著裝飾在鬆餅頂端的草莓切片，問：

「怎麼回事？我們不是妳的敵人，妳有苦衷可以告訴我們。」

魅音直瞪我，強忍的淚水以慢動作蓄積然後滾落。

「婆婆她……」

這時魅音像個十二歲的女生放聲大哭。不一會兒，她停止哭泣，把淋了大量楓糖的鬆餅和香蕉巧克力聖代一掃而空，又不知為何叉起草莓分我。好甜、好好吃的草莓。這類咖啡廳用來裝飾的草莓多半外觀美麗但口感青澀。這次的草莓選對了。

接下來是我根據魅音的陳述整理出的故事，作為草莓的回禮。

說到底，十二歲小鬼的自述可比在新人獎第一輪預賽落選的原稿，主詞、述詞、時態、人稱全混淆不清。

魅音的祖母，倉科紗江七十二歲了。

在女性平均壽命近九十歲的日本，仍屬即將步入老年、水嫩嫩的阿婆。魅音的母親和魅音的父親離婚後，另嫁他人，將魅音交給紗江照顧。之後，魅音的父母別說養育費和紅包了，連通電話都沒打。我知道她父母是無可救藥的渣滓，所以不提他們的名字。

魅音和紗江靠紗江的年金和老本在池袋的一角過活。去年春暖時，因為魅音愛吃鬆餅，紗江到市中心的超市買麵粉。如果你是本地的居民，春暖和地名可能已使你有所聯想，或許你還曾看到在全國轟動一時的新聞──

「池袋市中心衝撞事故」

駕駛池本晉吾二十四歲，埼玉縣久喜市人。興趣是雷鬼樂和戶外音樂祭。他是附近工廠的派遣工。這天，他開著鈴木WAGON R以時速近七十英里、在池袋市中心的商店街衝撞三台車，傷及五人後肇事逃逸。沒有出現死者純粹是他走狗屎運。最後他撞上物流車，像顆乒乓球反彈直接衝進便利商店。

問題出在晉吾是吸食非法藥品的慣犯。他在開車時突然覺得有人追他，如果對方追上，他會被吊在街燈、剝去全身的皮，所以他到醫院的病床時仍不住發抖。由於車禍無人身亡，他又是初犯，警方依危險駕駛致死傷罪送辦，而法院裁決為業務過失傷害。

今年秋天前判處一年半有期徒刑，緩刑三年。

對晉吾而言，這點刑責根本不痛不癢。

令人遺憾的是，魅音的祖母在出車禍前已經患有骨質疏鬆症。後方來車的追撞，造成她脆弱的右半腰骨和右大腿骨發生複雜性骨折，甚至在晉吾的判決出爐時，仍未出院。醫生表示她今後不拄枴杖恐怕行走有困難，得花費多年復健。

然而，禍不單行。

車禍當時為小五生的魅音，因為祖母長期住院無法獨力生活，親生母親又拒絕收留她，而被轉往育幼所。

她的落腳處是東池袋的「青桐之家」。

青桐❷是樹皮翠綠美麗的闊葉樹，有堅強的生命力，砍伐後能迅速再生。設施的名稱或許蘊含這一層期盼，但我不認為孩子有同等的復原力。

枝葉姑且不論，很少有孩子樹幹遭伐能立刻生長。這點多看看我身邊的孩子就知道了。他們多數像被路旁的排水溝吞沒似的，墮入我們社會的黑暗勢力。原力❸在池袋並不管用。

⚜

「這麼說，晉吾這毒蟲入手非法大麻的管道是煙塔囉。」

魅音喝第二杯熱可可後，眼皮似乎有點沉重。她頂著浮腫的雙眼，點頭說：

「對，週刊寫他是那裡的常客。」

「崇仔，他光顧的店現在是什麼情況？」

崇仔喝著無糖不加奶的濃縮咖啡。真虧他有辦法吞下那杯苦泥水。

「還在營業。」

「警方怎麼處理？」
「指導與警告，但被店家當耳邊風。」
崇仔似乎覺得有趣。也是啦，畢竟敵人的敵人就是自己人。和警察作對的人或許全在看好戲。
「我不熟非法大麻或毒品，所以我之後派專家到你家店裡，你再問他。」
「他叫什麼名字？」
「教授。」
「本名呢？」
「我只知道綽號。比起G少年的成員，他更像是顧問。你知道興奮劑和大麻是G少年的大忌。」
不同於某暴力團，G少年的禁令絕不可違背。就我所知，至今沒有小鬼敢碰興奮劑和大麻。魅音揉眼時，我問她：
「妳想怎麼對付煙塔？」
她瞪我，一副這麼白痴的問題你也問得出來。
「我要為婆婆報仇，放把火燒光煙塔。下次我不會失手，反正小孩縱火不構成犯罪。」
就算不構成刑事，仍免不了少年審判。如果因火災鬧出人命，魅音恐怕會被送往更生設施。
「縱火不是好辦法呢。煙塔不值得妳賠上一生。」

❷ 即梧桐。
❸ Force：電影星際大戰的專有名詞。絕地武士經訓練後可操控的力量。

崇仔點頭。

「那起車禍受傷的五人之中，有我們的成員，是個小媽媽。據說車子失控從嬰兒車旁邊衝過去時，她看到駕駛口吐白沫。」

腦中浮現駕駛因非法藥品神智不清，汽車千鈞一髮地閃過嬰兒車的畫面。真要命。

「那個G少女還好嗎？」

「她沒事，只是右手為了保護嬰兒車，和車側後視鏡擦撞，有輕微挫傷。」

當魅音和我對看時，國王不怒而威地表示：

「這小妮子的期望和G少年的方針一致。聽著，阿誠。我正式委託你將煙塔逐出這城市。毒品正逐漸蠶食池袋的青年。合法也好，非法也罷，都是G少年的仇敵。我要你熏出煙塔的毒，一網打盡。」

遵命，主人。我彷彿化身神燈的精靈。崇仔的指令等於池袋有限的無敵道具，可以自由動用G少年的人和資金。

魅音驚訝地來回看著我和崇仔。

「你們為什麼願意幫忙？」

崇仔冷笑不回應，我代國王說：

「這小子是無可救藥的蘿莉控，拿十二歲少女的眼淚沒輒。」

池袋的國王揚起嘴角，露出冰一般的微笑。我總有天要辦場攝影會，以一張五百圓的代價賣給G少女。我的攝影技術可不是蓋的。

「廣樹、香緒、薩亞❹，拿小孩眼淚沒輒的人是你，阿誠。」

魅音小聲說。

「你們感情真好。」

「別說笑了。」崇仔說，臨走前他留下會割手的萬元新鈔。找回來的錢由我和魅音平分。身為國王的朋友，有時還不錯。

我和魅音離開咖啡廳，踏上羅曼街。些微上揚的股價沒影響池袋，遊民和無業青年照常像殭屍在街頭遊蕩。

「魅音。」

我交代身高只到我胸膛的少女。

「在事成之前，妳絕不能縱火喔。」

「我知道。」

一個男人拖著行李箱打我們面前經過。他兩眼無神、頭髮像一個禮拜沒洗的油膩髒亂，至於身上的羽絨衣則有膠帶充當補丁，看來窮到快被鬼抓走。這世界的常理是無理。

「妳在學校成績好嗎？」

❹廣樹、香緒、薩亞：分別在《計數器少年》、《骨音》、《電子之星》登場。

「還可以。我沒補習，成績照樣是班上前十名喔。」

魅音是好學生，和我相反。

「既然成績不錯，妳就努力用功上大學。學識很重要。今後競爭會更激烈。」

可能是年紀到了，我現在會感嘆自己少壯不努力。更別說魅音將來得和中國、新加坡、越南的大學生爭一個職位。

「誠先生和婆婆說一樣的話呢。」

我們頭上的霓虹招牌亮了——紅紫粉白。柏青哥的店家為了省電，天黑才開燈。魅音的黑色短髮時有時無地浮現彩色的天使光環。挺男孩子氣的天使。

「妳可能聽膩了，但為妳未來著想的大人自然會叨念，因為我們不想妳重蹈我們的覆轍。」

我一手揉亂她的短髮，魅音像女生一樣又叫又笑。我們抵達東口的圓環時，她伸出右手，卻見我只是看著，便說：

「喏，友好的握手。」

我握住她冰冷、薄如墊板的小手。

「如果在設施或學校覺得寂寞時，可以到我家的店。即使我外出，也有我媽在。妳只要說出婆婆的故事，再放聲大哭，我包准哈密瓜隨妳吃到飽。」

「好。成熟的大叔果然帥氣。我沒見過爸爸，但我希望誠先生是我爸。」

魅音頭也不回地走向站前人行道。我則受到打擊呆立在當場。大叔？當她老爸？我退隱江湖的日子不遠了。

晚間。

接近店休的晚間十一點，門前出現一名怪人。單排釦的黑大衣、軟呢料長褲。領口纏著彩色格子圍巾，還不忘搭配黑框威靈頓眼鏡。

「真島誠先生在嗎？」

久違的全名。兩度左右的氣溫，使我回答時呼出的氣化成白霧。

「我就是，你是教授？」

教授的歲數似乎在三十五到四十出頭，氣質沉穩而惆悵，實在不像G少年。

「安藤小兄弟要我過來一趟，可以占用你一點時間嗎？」

「現在？」

教授鄭重地點點頭。或許他之後得準備明天的授課。我大聲告訴二樓的老媽，我要出門晚點再收店。樓上傳來雷聲隆隆。

「你搞什麼？正常人這時間已經睡了。」

我不甘示弱地回吼。

「我要忙崇仔委託的工作。」

老媽聽到後態度軟化。敵人也知道崇仔的委託向來有益這城市。至於「有益這城市」的合法與否，則有待商榷了。

「知道了，店我來收。你不要太晚回來。」

我戴上毛帽、圍巾、手套，隨教授離開水果店，享受夜間外出的舒暢，和展開未知冒險的期待。我果然無法只單純當個店員。

教授驅策大腿快步走著，目標似乎是車站。同時，他目不斜視地問：

「你對非法藥品的瞭解到什麼程度？」

「可以說一無所知。」

我曾在數年前調查新型毒品「蛇吻」，但蛇吻是如假包換的麻藥，屬於傳統舊式的毒品，不可能堂而皇之開店販售。教授不是很開心地說：

「非法藥品以非食用的名義進口，再由搖頭店（heap shop）和網路商店販售，如草藥、芳香劑、錄影帶清潔劑等製品。而其中又以草藥最為有名、暢銷。」

教授掏出插在大衣口袋的手，一只銀袋子跟著亮相，上面標誌著七彩的英文字「狂熱」（EXTREME）。

「這一袋有一到三公克灑上合成大麻素的乾燥植物片，價格三、五千不等。非法藥草是二〇〇四年誕生於歐洲，品名為『辛香』，由於效果和容易在街角取得的大麻毫無二致，透過口碑蔚為風潮。」

前面一群小鬼喝醉酒，走起路來搖搖晃晃。他們當中突然有人大叫「我要一統天下，一定要！」真羨慕小鬼的天地之小。教授繼續解說非法藥草。

「非法藥草誕生初時的包裝雖然標明『此為香氛產品，不可食用』，實際卻和大麻一樣用煙紙捲起、或裝在菸斗吸食。最近這幾年，非法藥草迅速從歐洲傳入東歐、俄國、南北美洲到日本，以搖頭店、迷幻店（smart shop）為銷售據點。」

原來如此。教授的解說相當簡明扼要，我甚至想作筆記。

「這麼說合成大麻什麼的是麻藥囉。」

教授斜眼看我，似乎在評估我的記憶力。我的考試成績總是拿低分說。

「我接下來說的是二十世紀合成麻藥史，你聽就好不用記。先說大麻——marijuana簡稱THC的主要有毒致幻成分9-四氫大麻酚（Tetrahydrccannabinol），和人腦同一種大麻受體結合後，會混淆感官和思考回路，引發俗稱的High（亢奮）。」

嘰哩咕嚕。這段話我是左耳進右耳出。

「耶路撒冷希伯來大學的化學家，成功於六〇年代合成THC，經典大麻素的HU-210和那密濃（Nabilone）。過後三十年，美國霍夫曼博士接連合成出新的大麻素，以他為名的JWH系列。而JWH-018最先被用在非法藥草。」

「反正都是合成麻藥，為什麼不乾脆明令禁止？」

教授對我苦笑，像遇到駑鈍的孩子。

「談何容易。法律禁止的前提是證實內含違法物質，但業者在乾燥植物片大量添加維他命E、脂肪酸和各種香料作為遮蔽劑。利用氣相色譜法進行化學分析，需要縝密比對數值，所以分析這一小袋得費時數週到數個月，簡直沒完沒了。」

「電視劇的科學鑑識不都放入儀器、按個鈕就能檢測嗎？」

教授諷刺地一笑。

「一鍵完成只限電視劇，現實可不行。更糟糕的是，合成大麻素能輕易改變結構，製造類似物。單二〇一一年就驗證出四十九種新型合成大麻。」

一週一種新型麻藥！那真的是窮於應付。如果每週推出一款新品種的草莓，我家水果店很快就會塞爆。

「行政機關已全面檢討合成大麻素類似物的規範和架構。」

「但這段期間，市場仍持續推出類似的藥？」

「正是。而結合力勝過人腦內生性大麻素數十倍的新型合成麻藥，會一次大量滲入使用者的神經系統。」

令人不寒而慄。凡舉思想、政治信念、合成麻藥，皆是愈純粹愈害人不淺。

「教授，非法藥草有哪些症狀？」

教授倒背如流。

「急性重症如痙攣、頻脈、呼吸困難、血壓下降。報導也曾出現死亡案例。此外，有多起案例在吸食非法藥草後，引發精神疾病住院治療。調查送醫急救的急性中毒患者後，發現有八成是十幾二十歲的青少年。這些人過去沒有相關病史，所以我們可以認定合成大麻是精神疾病的近因。」

非法藥草成癮的幾乎全是小鬼，真是駭人聽聞。小鬼將吸食合成麻藥視為新奇、酷炫又帶點危險的時尚潮流。即使可能再也感受不到自己的腦袋和將來的魅力，他們仍不顧後果，花三千圓買數小時的快樂。世上活如喪屍的小鬼比比皆是。現在好萊塢當道的吸血鬼和喪屍片，說不定是反映真實世界。教授停下腳步。

「合成麻藥有毒判定是參考細胞毒性篩選的結果。在培養的腦細胞加入藥劑溶液檢測——」

教授停頓不語，我耐不住性子問：

「然後呢？」

「發生細胞凋亡。腦細胞受觸發因素刺激自行毀滅的機制。我們到了。」

我抬頭看面前單薄的建物。北口煙塔大聲播放著雷鬼樂鼻祖，巴布馬利的〈女人，不哭〉（*No Woman, No Cry*）。

綠黃紅。入口的霓虹燈閃耀著代表拉司塔法里運動❺的三色。教授在我們進門前，問：

「你是第一次來搖頭店嗎？」

我點頭。我常用的腦內物質頂多是恐怖和懸疑小說。

❺拉司塔法里運動（Rastafari movement）：一九三〇年代在牙買加興起的基督教運動，雷鬼樂深受其影響。

「平常以對吧，反正任誰看你都不像生活安全課的便衣警察。」

沒錯。我的優點是能像變色龍一樣融入小鬼的世界。

「你也完全不像正經人啊。」

教授咧嘴笑說：

「的確。不過，我最近很少在這裡露面呢。」

我拉開滿是貼紙的厚重木門。如鰻魚巢穴深長的門市，是看來尋常的唱片行，販售三種類型的音樂：雷鬼、迷幻的電音舞曲，及七〇年代的迷幻搖滾。牆壁的海報也淨是這類我平時不怎麼接觸的樂團和ＤＪ；好想念格倫．顧爾德喔。

「這裡的音樂品味千年如一日。」

教授隨意看一眼，就走向昏暗的樓梯。大樓雖然有電梯，但電梯前的鐵鍊貼著故障的告示。二樓是潮流館，進駐運動衫、鴨舌帽，和民族風的服飾店。收銀台後的鬍鬚男以藍色串珠髮帶束起長髮、上衣胸前印有大麻葉的圖樣。

「這棟大樓與麻藥的關連，是一層比一層密不可分。」

我們快速通過這層，前往三樓。這回我看到大而無當的水煙壺。玻璃展示櫃裡清一色陳列著菸斗。價值有高有低。香爐似乎是印度製，黃銅的爐身雕刻華麗。煙塔非浪得虛名，這層是煙具館。教授不感興趣地說：

「走吧，這裡沒什麼好看的。」

可這些在我眼裡全是新鮮玩意。我不抽菸，但菸斗的造型莫名撩撥男人心，很想繼續欣賞石楠木、楓木或海泡石製成的菸斗。四樓是園藝資材館，販售各式園藝用品：鏟、鋤、鍬及肥料。當然也少不了都市農民適用的海外品牌園藝創意雜貨和圍裙。這時，教授反常地駐足在圓筒水槽似的用具前。這東西高一公尺、直徑約五十公分，而且仔細看形狀其實是六角形。我完全不知道它的用途。

「這是做什麼用的？」

「這是人工培育室，水耕栽培的工具。配備六盞波長接近太陽光的Biax燈管，保持恆溫恆濕，自動給水給肥。據說是NASA為了在太空站種植蔬菜開發的機器，但只是傳聞。這一台剛好供一人用。」

我聽了還是滿頭霧水。

「買這幹嘛？」

展示品特價一台九萬八千圓。在超市買蔬菜反而便宜多了。

「種大麻。這台機器一年可以收割三次。」

真驚人。與其說是自家農園，不如說是自家大麻園。

「但去哪裡買種子？」

教授笑說：

「買賣大麻種子並不違法。這裡就有賣。最好不要在網路購買，會留下記錄。雖然海外的大麻種子價格比較優惠。」

我傻眼了。這位教授不像普通學者，反倒像典型的毒蟲。

「這位客人真清楚呢。你要不要買一台？我打八折，再送你交種的強健大麻種子喔。」

「人工培育室我已經有兩台了，這台前二代的機種。」

「這樣啊，那要買種子嗎？」

教授在店員熱情推銷時，忙不迭地走向樓梯。

「下次吧。池袋實在寬闊呢，竟然有這麼一棟大樓。」

我告訴山羊鬍後，走向樓梯。「歡迎再度光臨」後方傳來店員溫吞的聲音。

⚜

四樓往頂層的樓梯間猶如廢棄的太空船內部。牆壁遍布的銀色鱗片，其實是堆砌的非法藥草外袋。這時樓上下來一名小鬼，渾身散發濃郁的甜味。教授看到他立刻別開視線。這小鬼在寒冬中僅穿印度棉薄衫，敞開的胸膛浮現一顆顆的汗珠。待他下樓後，教授停下來小聲說：

「他剛吸食藥草後，因為不確定吸入的內容物而又跑回店裡。我想他不敢在家吃，而在這附近的賓館或網咖吸食。」

五樓布置得和咖啡廳一樣。一側牆是櫃臺和高腳凳，另一側牆學唱片行在細窄的架上，平面展示販賣的非法藥草，而且有一角介紹新商品和銷售前十名。明亮的店內流瀉著木吉他不成旋律的輕細樂聲，與非法藥品店的形象相去甚遠。這裡像是高雅的香氛店，女性一個人也能輕鬆來店選購。

我東張西望，擺明是「小白」，反觀教授一副熟門熟路，直往裡邊的櫃臺。收銀台的男店員一頭長髮加長版針織外套，看來更適合在特色古書店工作。教授拿起收銀台旁的袋子說：

「衝動III上市了。」

五樓的店員一樣親切，笑容甚至燦爛得叫人渾身不對勁。

「客人真清楚。我們上個月才進貨，而且III格外強效。」

教授搖晃袋子發出沙沙聲。

「不貴呢。」

衝動III比其他非法藥草貴一些，一袋六千圓。

「是啊，別的店家賣七千。III剛推出時，在涉谷的售價可是飆破一萬，現在買絕不吃虧。」

「我買一包。」

當教授掏出錢包付帳時，收銀的男店員轉頭看我。

「這位客人要不要順便帶一包？我們店裡的貨色齊全、應有盡有。」

我實在不想帶銀色小袋子回家。

「我今天只是來參觀學習的陪客。」

店員笑得好似要人和他握手。

「有需要的話，歡迎你隨時過來。」

收銀台旁的牆壁貼著手寫的海報。「本店販售的香草不可吸食，切勿吸入。吸煙有害身體健康。」

分不清是玩笑話、或揶揄諷刺。

我們在頂層停留十五分鐘。防竊的監視攝影機僅設置一台，在收銀台的另一側天花板。期間有一對情侶、兩組哥倆好，和三名單獨光臨的男客，分別買了一袋。事實證明收銀台的男人是店長，他試用過所有產品，並不厭其詳地提供建議讓客人選擇。

「我們該走了。」

我出聲後，教授贊同。

「也是，你大概知道情況了。」

我哪知道情況，總之是和我無緣的店。

「嗯。」

教授下樓了。我的腦袋裡有個單純卻揮之不去的疑惑，所以當我們回池袋車站北口的大街時，我馬上提問。

半圓的月亮高掛天上，散發皎潔的光輝，另外半圓隱身在漆黑的夜空。

「教授，店家公然販賣麻藥，警方為什麼束手無策？」

教授無聊地回說：

「道理和新興的ＩＴ（資訊科技）產業相同，因為法律根本來不及跟上。非法藥草稱不上麻藥，未納入法律的範疇，因此無法定罪。」

教授抽出口袋裡的手，方才買的袋子在月光的映照下發亮。

「今年夏天，衝動III在歐洲造成十二人死亡。店長口中的強效如果走偏，就是嚴重的被害妄想。吸食者要不跳下大樓屋頂，要不撲倒在貨車前，而且當中不乏有吸食者害怕被殺，一頭栽進夜店的馬桶溺斃。」

真叫人毛骨悚然。他們遭受無謂的恐懼侵襲，主動選擇死亡。

「但不可能所有人都如此，否則衝動III不會熱賣。」

教授像是勉為其難地認同學生尚可的解答。

「到頭來，只有實際吸食才知道會出現什麼藥物反應。有人能消憂解愁置身天國，有人撞破玻璃窗跳下公寓大廈。消費數千試玩的俄羅斯輪盤，賭注是自己的腦神經系統和生命。」

我忽然害怕起這一小包藥草。人腦是異常複雜、精密的機器，富裕國家的年輕人竟不當一回事地接觸烈藥。

「你要怎麼處理這袋藥草？」

教授看著手裡的袋子。

「交給朋友研究。我已經戒毒了，這袋藥草似乎恣意添加數種合成大麻素，正常毒蟲絕不會碰。我的第一堂授課到此結束，沒問題吧。」

在這瘋狂的世界裡，究竟有幾個正常的毒蟲呢？這一晚，我學到非法草藥的歷史、又實地參觀搖頭店，已十分足夠。

「謝謝你臨時抽空過來。」

「安藤老弟委託你什麼工作？」

G少年的顧問質疑。他和崇仔的關係仍是個謎。

「他託我搞垮煙塔，但那間店處於灰色地帶，沒有違法警察不能辦他們。」

「沒錯，表面上他們只是販賣香草，也提醒客人不要吸食，是客人自行濫用商品。」

我看錶，現在已近深夜一點。我明天還得顧店。

「之後可以再找時間請教你嗎？」

「我知道了。」

我們在街頭交換電話號碼和信箱後分開。我要怎麼擊潰遊走在法律邊緣，但合法的店呢？我家的水果店兩個禮拜沒客人就只能關門大吉，但煙塔是非法藥草的名店，關東附近縣市客人皆慕名而來。當晚，我夢到巨大的銀袋子在半空中追著我跑。

我醒來，像吸食非法藥草的小鬼一樣汗流浹背。實在令人不爽到極點。

冬末一週眨眼就過去了，我依然想不到對策。在我懶散顧店時，崇仔偶爾來電，他經手的案件眾多，煙塔終究不是急事。我做了很多調查，對非法藥草有一定的瞭解。數年前的報告指出東京鬧區有近百家搖頭店，現在數量雖然減少一些，但未曾消失。至於池袋，除卻煙塔仍有三間小店。

魅音兩天造訪我家一次，從放學後待到設施晚餐前。她很黏我媽，可能在我媽身上看到住院祖母的身影吧。

我多次聯絡教授。熟稔後我意外發現他幽默的一面。他現年四十一歲，在某處實驗室擔任非正規的研究員。這個熟知毒品的古怪中年人，似乎沒成家，總是鬱鬱寡歡，但無奈的是，當今東京中年的單身漢數也數不盡啊。

這天濃雲密布異樣地寒冷。北海道出現零下三十度的紀錄，東京頂多兩度，連西一番街照不到陽光的暗處也結冰，封存路邊的於蒂和ＪＲ車票，看來出乎意料的美，我甚至想搬回家裝飾房裡。

下午一點，我吃完老媽做的年糕湯後，崇仔來電。

「你聽說了嗎？」

不愛開場白或打招呼的國王。崇仔著實急性子。

「沒。發生什麼事？你說清楚，不要打啞謎了。」

崇仔學廣播主持人流利報導。

「一對年輕情侶跳下池袋車站東口ＫＴＶ的安全梯。男的頭部重創、女的雙腿和骨盆骨折。據說兩人在ＫＴＶ包廂吸食煙塔購得的非法藥草。」

衝動III。我想到教授手裡的袋子。

「我看過新型非法藥草，一袋六千圓的俄羅斯輪盤。」

「阿誠，你在說什麼？不研究了，擊潰煙塔的事辦得如何？有進展嗎？」

進度停滯不前時，被追問是最不痛快的。

「我正在辦，可是那間店畢竟合法，不能輕舉妄動。」

崇仔的聲音冷若路旁的冰。

「合法非法都不重要。不如我找幾個演技好的成員蒙面攻擊店主，弄得像黑道爭地盤鬧事？」

雖然粗暴卻不失果斷迅捷的好方法。只不過，不是我愛好的行事風格。

「如果真的無計可施，就這麼辦吧。但現在，再給我一點時間。」

「我明白了。既然你這麼要求，我就再等等，但你只有一個禮拜，我不想看人跳樓了。」

「謝了。」我掛電話後，立刻撥另一個號碼：池袋署生活安全課的吉岡，但我存在手機裡的稱謂是禿頭吉，聽來像江戶風的天婦羅餐館名般響亮吧。

「喔，阿誠啊，有什麼事？」

崇仔也一樣，池袋的人都缺乏心靈的閒適，真令人感慨。

「最近天冷，你沒感冒吧。」

「要你管。我很忙，如果你要閒聊，我就掛電話了。」

不得已，我只好直說。

「我想打聽煙塔的消息。」

吉岡先是嘆息，不長但別有深意，而後他壓低聲音。

「我等一下要過去那裡。」

「為了跳樓的受害者嗎？」

「你的消息真靈通，這事還沒上新聞呢，來源是你在行的小鬼網絡嗎？」

街頭傳遞消息的速度確實勝過地方新聞、電視和網際網路。人言可畏啊。

「生活安全課開始動作，表示那間店玩完囉。」

「哪有這麼順利！對方鑽法律漏洞，我們沒權力強制商家停業，了不起沒收這起受害者吸食的新型藥草。」

不是吧。警方嚴格取締老百姓違規停車、違反風營法❻，卻輕放非法藥草。

「所以你們除了指導外別無他法？」

吉岡哀嘆。

「沒有，害我滿肚子火。」

「是嗎，如果有證據，池袋署很樂意將煙塔趕出這城市囉。」

「廢話。非法藥草也是藥。合成大麻素是人工製……」

「嗯，我知道。合成大麻素是二十年前研製出的醫藥品，所以研究室能不斷製造類似物，不能藉此擊敗煙塔。」

「沒錯。你有能派上用場的情報嗎？比如那棟大樓在背地裡進行快樂丸的買賣？」

毒品也有文化。光顧煙塔的人首選不是興奮劑。

❻風俗營業：規範餐飲、接客和娛樂行業的律法。

「我打聽看看，但你最好別期待。」

古板的刑警和傳統毒品。這時像玩聯想遊戲似的，我想到了好主意：既然新型毒品無法可管，何不利用傳統毒品？管制傳統毒品的法律較完善。

只是怎麼著手？

我實在不瞭解藥品。

⚜

當天傍晚，魅音來店裡。

老媽等她來時，已經在提袋裡塞滿沒賣出去的鳳梨、香蕉。雖然我對熟女熱潮抱持疑問，但水果確實熟到外皮失色最好吃。光鮮亮麗的水果根本又澀又不甜。

「妳有乖乖去學校嗎？」

魅音又是一身男孩子打扮。看到她幫忙老媽堆放富士蘋果，我好像多了個弟弟。

「課很無聊，但我有乖乖去學校。」

「妳不穿裙子嗎？」

老媽瞪我，不輸巨神兵的殺人光線掃過水果店。

「小學高年級處於說大不大、說小不小的階段。魅音這身打扮，比小朋友偶像穿的名牌服飾正常多了。」

真的，我也不贊成小孩子穿著暴露。魅音忽視我的問題。

「誠先生，還不能解決煙塔嗎？」

敵人同在商店街，不是一時半刻能解決。我苦往肚裡吞地表示：

「我在想辦法了。」

我的回答簡直像小孩在賣關子。然後，教授出現在店門口的人行道。這男人和忍者一樣，感受不到他的腳步聲和出現，或許是因為存在感薄弱。魅音學老媽大聲說：

「歡迎光臨。」

不知為何，魅音的聲音對教授的殺傷力，遠勝老媽的殺人光線。他的動作變成機器人般僵硬，死也不看魅音。

「不用招呼他，他是我朋友，不是客人。」

教授的聲音小到像螞蟻說話。

「這是你妹妹嗎？」

我看魅音。我們的相似之處只有大兩號的牛仔褲，長相是天差地別。

「不是。她因為一些緣故，在我家幫忙。」

教授特別在意魅音。儘管他刻意不看魅音，我仍看得出他的全副精神都在她身上。

「我出門開作戰會議，麻煩媽顧店了。」

老媽柔聲說：

「你儘管出門，反正家裡有魅音在，不需要你。」

母親對女孩兒的情感果然特別不一樣。

換作腦袋瓜不知道在想什麼的成年兒子，我光是想像都覺得毛骨悚然。

我們在羅曼街，之前崇仔和我談事情的咖啡廳，面對面坐著。教授首先開口問的不是非法藥草、不是煙塔，而是魅音的事。我老實說出魅音祖母差點死在吸藥草的小鬼輪下，所以現在她在設施生活。

教授的臉色一變，雙手抱胸沉思。難不成他是戀童癖重症患者？

「有什麼問題嗎？」

他朦朧的眼睛回神。

「這是贖罪的機會。」

「什麼？」

沒頭沒腦的一句話。教授鬆開手，上身往前傾。

「外人很難摸清毒品的世界，所以安藤老弟拜託我講解毒品特有的文化。我本來不想在他的請託外和煙塔有牽連。」

「這樣啊，可是教授的教學讓我獲益良多。」

「多謝誇獎，但我要放棄中立原則。」

果真沒頭沒腦，我實在無法理解比我聰明的人，不過仔細想想真是可怕，那可是占了世上三分之二的人口。

「什麼意思？」

「為了不再製造像魅音這樣的孩子，我決定幫忙推翻煙塔。」

雖然多了個有力的伙伴，但我試探說：

「既然非法藥草治不了他們，可以改用傳統毒品設陷阱嗎？」

我新生的靈感。靈感和合成麻藥一樣取之不盡，用之不竭。教授破顏微笑，看來我解出再正確不過的答案了。

「我覺得很好。頂樓的店長是煙塔的老大。他以DM大越的名義出版毒品相關的書籍，在毒品界小有名氣。DM是毒品大師的縮寫。」

我寫專欄這麼久，出書的提議卻是八字都沒一撇。氣死人。教授的態度變積極後特別饒舌，完全不給人插嘴的餘地。

「這男人本身也是重度使用者，我這麼說你應該明白了。」

「我不明白。」

教授一直說些讓人聽不懂的話。他不以為意繼續說：

「他不會吃店裡販售的劣質品。為了維持健康、長久享用毒品，他肯定有管道取得品質佳的毒品。我們只要監視他，他遲早會和藥頭碰面。」

我懂了。大越不可能碰製作國不明、主要成分不明的俄羅斯輪盤，因為他和來店的小鬼不同，有的是錢。

「拿定主意後，事情就簡單了。如果要跟監，池袋有批人堪稱專家。」

現在換教授一臉費解。這次的委託獲得崇仔首肯，可以免費動用G少年的精兵，是時候祭出無敵卡片了。我踏出咖啡廳，馬上電話聯絡崇仔。

賓士RV車穿越鐵軌，停在陸橋前。這位置即使隔著黑色玻璃車窗，照樣能清楚看見煙塔。車內後座是我和崇仔，崇仔的心腹安靜坐在主副駕駛席。凝重的沉默。崇仔聽完我的說明後說：

「所以你要我們跟蹤店長大越，查出他和哪個藥頭接洽、拿了什麼藥？」

「對。」

「那就從今晚開始吧。」

崇仔對副駕駛發號司令。

「SPOON，你今天有空吧。這輛車給你用，你負責監視大越。」

回頭的G少年下顎呈現湯匙凹陷的弧度。街頭的綽號還真是直接了當啊。

「我可以留下來跟監嗎？」

SPOON不怎麼情願。因為我是崇仔信賴的朋友，不是G少年的一員，不必遵守組織的鐵律。

「嗯，隨便你。明天向我報告。」

在溫暖的賓士後座皮椅監視，說不定比我兩坪多的臥室舒適。

大越這天提早收工。他平時是深夜一點關店，教授和我半夜光顧時，都是他親自顧店。今晚七點不到，就見他離開煙塔到百米外的停車場，駕駛福斯舊款金龜車。藍色金龜車由立教路轉山手街，進入中野區。二十分後抵達江谷田。他作夢也沒想到有人會跟蹤他吧。更別說我們出動兩輛汽車和兩部摩托車，就算他再謹慎，也甩不掉我們。

金龜車出人意表地停在破舊不堪的公寓前，這裡一看就是廁所和浴室共用、一間房三坪租金不用兩萬。大越像識途老馬在公共玄關脫下鞋子，走上二樓。不見有房間亮燈，可能用了遮光窗簾。他在舊公寓停留十五分後，返回金龜車上。這回車程僅花數分，金龜車消失在正對江谷田站的高級大廈地下停車場。我繼續監視到入夜十二點。

因為最後一班電車即將發車，我跨出賓士往江谷田站，留G少年整夜監看。真是辛苦他們了。聽說大越當晚沒再踏出大廈。

一個禮拜後，已是一月下旬，氣候也亦發嚴寒。我喜歡熱、討厭冷，所以一年當中我最不愛這季節。我只在第一天支援跟監，之後就回去忙水果店的活，將跟監的事完全交給G少年。

我從亞馬遜網購DM大越的書，拜讀目標的著作這還是頭一遭。他的書總括一句就是支持大麻解禁。大麻是帶來幸福且溫和的藥物，不如香菸危害健康。部分國家和地區公然在街頭巷尾販售大麻是合法的，因為大麻不容易成癮、又能抒解現代人的壓力，是自然之母的餽贈。囫圇吞棗後，我差點認同他的理念，書籍就是這點可怕。

教授和我、崇仔和SPOON四人齊聚池袋西口KTV的VIP包廂。桌子中央放著SPOON帶來的筆電。

畫質粗糙的黑白影像出現在螢幕上，是公寓的玄關。整排的信箱前，只見大越轉動密碼鎖的側影。

SPOON說：

「公寓玄關不大，沒辦法派人監視，所以我們裝了小型攝影機。目標似乎將房間鑰匙藏在信箱。」

看來大越只動密碼鎖最下方的號碼。然後他打開信箱的門、取出鑰匙，朝通往二樓的階梯而去。

「房間是二〇四號室。我們跟監的期間，他就進去了三次，每次短暫停留十五至二十分鐘。我們目前還沒查出房間的用途。」

隔壁包廂有人唱日本搖滾樂團「地底」（GOING UNDER GROUND）的歌。我接口：

「用來藏毒的房間嗎？」

自宅藏大麻如果遭警方搜索，便是物證確鑿百口莫辯。如果將房間的鑰匙藏在信箱，可以確保祕密房間不被查獲。教授說：

「這也是種可能，但他需要為此一個禮拜造訪公寓三次嗎？他身上有甜香味，無疑經常食用大麻，所以可以考慮另一個可能性。」

一如大學教授的說話方式，不過話說回來，我根本沒上過大學。

「另一個可能是什麼？」

我急問，不是和老師說話該用的口吻，但我只會這樣的日語。教授點頭看我。

「HOME GROW。」

崇仔問：

「什麼東西？」

我代教授回答。畢竟大越的書裡提過，我在煙塔也看到相關的器具。

「自家栽培大麻。因為和藥頭買麻得冒著失風被逮的危險，而自己種能降低風險，又能選擇喜好的大麻種類。」

崇仔周身的氣溫驟降，似乎興致勃發。

「原來如此。SPOON，現在大越在做什麼？」

「他在店裡。」

「是嗎，我們去參觀他的菜園吧。」

這主意不賴。我們離開ＶＩＰ包廂時，賓士已停在路旁。

二十分後，我們抵達江谷田的公寓。梁柱旁的招牌寫著第二平和莊，由此可見他處可能另有第一平和莊。我確認掛在信箱的密碼鎖，由上至下的號碼分別是3．8．6。我記下第三列的6後，從數字1開始依序嘗試。崇仔和教授神色自若地在一旁，SPOON在玄關外把風，以免有人靠近。在試到4時鎖開了，我取下密碼鎖，翻找信箱，挖出埋沒在傳單下的藍色信封。鑰匙在裡面。

「找到了。」

崇仔說：

「動作真慢，天都要黑了。」

我懶得回應他的玩笑話，拿著鑰匙直接脫鞋。

二〇四號室是北側的邊間。我檢查房門有沒有黏頭髮和隱形膠帶。看來大越不至於疑神疑鬼到這地步，因為我沒發現機關。

我轉動鑰匙，扭開有些阻力的喇叭鎖。門內的右邊即是廚房。三坪的房間除了中間一張矮桌外別無長物，窗戶用黑紙貼得密不透風。

「我們似乎撲了個空。」

在我這麼說後，教授一語不發地拉開壁櫥。螢光燈慘白刺眼的光立刻傾洩而出，腳邊也流過溫暖的風。壁櫥上層放置的三台人工培育室裡，大麻已成長至四十公分。

「很有趣的機器，像能培養外星人。」

崇仔冰冷的聲音迴盪在空蕩的公寓房間。教授說：

「乾燥的大麻應該也在房間某處。」

我退回廚房打開個人用的小冰箱，大越不可能在這裡開伙。

「有了。這房間是大麻倉庫兼菜園呢。」

冰箱裡是成堆的夾鍊袋，袋裡裝滿乾燥的大麻草。崇仔越過我的肩膀看了後表示：

「數量多到可以做生意，真是無可救藥的毒蟲。」

我琢磨整袋拿走，但如果大越有清點數量的習慣，事情不好收拾便作罷，改由每袋抽出數片大麻葉，像乾燥花一樣束成一捆。崇仔說：

「你拿大麻做什麼？」

我對國王眨眼。

「你很快就會知道。我們趕緊離開這個鬼地方吧，這裡的空氣品質很差。」

我們和來時一樣安靜地離開二〇四號室。照理說，其他房間應該有住戶，但這所公寓卻死氣沉沉，宛如鬼屋。

教授跟著我回家。他準備的鋁製銀色袋子，外觀和非法藥草外包裝很相似，只差沒有標籤。我們戴著手套將乾燥大麻裝袋，最後一共分裝成十二袋。

再來是寫信。

用的是電腦，因為電話報警會錄音、電子郵件會留下位址，我又懶得特地上網咖，況且現在很多網咖都要求客人出示身分證。我在信裡詳述大越和他的菜園，至此是據實以報，但他透過煙塔販售熟客自家栽培的大麻，則是捏造。

接下來就簡單了。我印出密告信裝入信封，用直尺寫出有稜有角的幾個大字「池袋署生活安全課」後，貼上快捷所需的郵票寄出，再和教授順道散步至池袋北口的煙塔。

在此遺憾地通知你，故事的高潮缺乏刺激。

我們抵達煙塔頂層後，假借挑選非法藥草，隨處安插乾燥大麻的小袋子。商品架上排滿無數的銀色袋子，重複個幾次後，連我都不記得偷來的乾燥大麻放在哪裡，但是無妨，警方搜索公寓發現人工培育室和大麻後，自然會扣押店裡所有的非法藥草。要從數以千計的銀色袋子找出真正的大麻想必不輕鬆，可這是公務員的工作，請多加努力。

幸虧此時正值冬季，我和教授戴著皮手套不會引人疑竇。大功告成後，我挑了品牌是「完結」（the End）的非法藥草結帳，商標下方有英文註明此為芳香用品。一袋三千圓。

DM大越幸福地傻笑，顯得異常開朗，可能剛在屋頂吸過麻。

「喲，你之前也來過，終於想嘗試藥草啦。」

他當我是舊識招呼。

「是啊，這間店貨很齊呢。」

大越撩起及肩的長髮、挺胸說：

「放眼東京就屬六本木一間店和我們家貨最齊全。收集這些品牌可不容易，客人如果喜歡要常光顧喔。」

教授在樓梯旁等我。大越說：

「客人，我們曾在夜店或派對見過嗎？你看來很眼熟。」

教授搖頭。

「我沒見過你，先走了。」

我和教授一起下樓。總覺得我們在商品架留下了炸彈，隨時可能引爆，讓我直想拔腿狂奔。

事後我不想直接回水果店，便走向橫跨東口的陸橋。高約一百公尺的白色煙囪處是垃圾焚化廠，現在沒有燃煙冒出來。我掏出口袋裡的「完結」，撕開包裝，在陸橋朝ＪＲ鐵路撒下乾燥的植物片。僅僅幾公克的葉片隨即被北風捲走。

冬日的太陽染紅西邊的天空，絢爛得銘心刻骨。

「這次的事件真奇妙呢。」

教授點頭不回應。靠著護欄的他，全身沐浴在夕陽下。

「有件事我不明白，你看到魅音後，為什麼突然主動幫忙？你只是提供諮詢的顧問吧。」

Ｇ少年也有成員染毒，毒藥的威力能瓦解少數小鬼的鐵律。

「我家孩子和她差不多年紀。」

教授靦腆地表示。

「原來你已經結婚啦。」

教授面無表情地搖頭。

「我不是已經結婚，是曾經結婚。研究的壓力令我寄情於大麻，每月從交給內人的薪水中扣下好幾萬圓買大麻。週末除了躺著吸麻、喝啤酒，我什麼也不做，持續了六、七年之久。」

我想到ＤＭ大越的書，或許大麻真的對健康沒有危害。教授的精神和身體似乎無恙。

「內人受不了我不幫忙照顧小孩、也不陪家人而提離婚，我只能無條件同意，因為是我不好。」

「你的小孩是女生吧。」

教授首次露出笑容，像熬過冬季、堅韌的蓓蕾。

「對，是女生。現在我戒除大麻，每月和她見一次面，但看著她往往令我心碎。」

我雖沒有離婚、放棄親權的經驗，卻能想像他的心情，和孩子見面很忐忑吧。然而現實更為殘酷，教授淡淡說：

「我的記憶只有那孩子的嬰兒期和十二歲大的時候。」

教授開始發抖，原因不是寒冷，而是對失憶的恐懼。

「大麻有記憶喪失的作用，能讓人忘卻痛苦、不愉快的事，但同時快樂和不能忘的事也會消失。我完全想不起來孩子第一次開口說話、學步、幼稚園和小學入學。孩子就在我面前，我卻一點也不記得孩子的成長過程。失去的記憶不可能復返。我是最差勁的父親。」

些微的麻藥成分便抹去他為人父的幸福。我不信大麻無害，無論其他人再怎麼費盡唇舌都沒用。影響人心甚劇的大麻，哪可能是天然溫和的有機藥品。

「你曾提到贖罪。」

教授恢復平靜。

「看到魅音時，我想到女兒，所以想盡一分力補償過錯。雖然無法改變事實，我仍是一個失敗的父親，但心裡多少好過些。煙塔或許潰滅，可東京多的是類似的店，我們只是白費工夫。」

自卸貨車經過時整座橋跟著搖晃，但沒有動搖我的信心。

「不會白費的。你是不是一個失敗的父親，交由此後論定。如果你因為失憶作繭自縛，不是正中毒藥下懷？你和女兒可以在日後製造新的回憶。我對你有信心，你要有自信。魅音和魅音的祖母、崇仔和街頭的小鬼都很感謝你所做的事。就算你忘記，身邊的人也會記得你的恩情。」

教授表情扭曲、肩膀顫抖地趴在護欄，始終沒哭出聲音，真不愧為學者。我陪伴這位失憶的父親，直到溫柔的黑夜徹底取代夕陽。

數天後，DM大越、本名大越英嗣（卅八歲）遭緝拿的新聞占據了社會版三乘四公分的版面。池袋署生活安全課一早兵分兩路直搗江谷田的大廈和公寓，扣押三百五十克大麻和三台水耕栽培裝置，連煙塔五樓的所有非法藥草也沒放過。早知道我也在四樓的人工培育室丟個銀色炸彈。不過，大越被收押後，各層樓的店長隨即鳥獸散，煙塔也一天瓦解。

隔沒多久，我接到吉岡的電話。當時我已完成開店的準備，在店門前的人行道曬太陽。東京冬日的太陽還是很暖和的。

「阿誠，你之前是用了什麼方法設計煙塔啊？」

我沒興趣理會已經倒塌的高塔。

「有這麼一回事嗎，我不記得了。」

「你年紀輕輕已經有健忘症了嗎？」

我和生活安全課的刑警打哈哈。

「可能吸太多非法藥草，我連你都快忘了。」

吉岡大笑。他又沒聽說教授的故事，為什麼會被這個哏逗笑啊？中年刑警說：

「我也會忘掉密告信。成分分析的結果出來了，店裡的商品和公寓的乾燥大麻一致。我怎麼想都覺得，大越沒道理在店裡藏大麻取締法禁止的藥物，可能嗑藥嗑昏了頭才幹下蠢事。」

我發自肺腑說：

「藥真可怕。」

「嗯，下次請你吃飯。聽說警署為了這次的事，要頒發署長獎給我。不聊了，再見。」

崇仔似乎很滿意成果。一月的發薪日，賓士RV車停在我家店門口。踏出車外的他，穿著看來很暖和的手工編織開襟毛衣，遞來一只信封。

「你的紅包，雖然過了時候。」

我瞪大了眼。崇仔給我報酬、紅包，這還是頭一遭。

「我真的可以收下嗎？」

他露出迷死人不償命的笑容，二話不說地回到G少年的公用車。我查看信封，裡面是十萬圓的圖書卡。真是份厚禮，就由我和教授、魅音三人平分吧。「謝啦！」我高呼時，四輪傳動車早已走遠。國王乘著北風消失了。

二月後，魅音的祖母咬牙苦撐過復健，終於能穿著輔具、持枴杖走路。雖然步伐和這城市的春天一樣緩慢，但終究是憑自己的雙腳隨處走動。魅音也因此得以離開設施，兩人一起生活。

紗江和魅音成了本店的常客。他們靠年金度日，不買高貴的水果，可是好吃的水果不在價高，而在當季爛熟，我這窮店員最知道，因為我從小就吃了許多老媽嫌丟掉可惜的水果。

老媽將壓箱貨分給魅音和紗江，和她們在太陽高掛的東京天空下話家常。我播放顧爾德淡漠演奏的巴哈作掩飾，聽著這群女人交談。

敵人為什麼老愛提日本少子化、和我未定的婚期呢？結婚這檔事不該因為父母的催促草草了事。本人也有時節，想仔細挑選對象，就像買一顆五千圓的麝香哈密瓜，你也會認真摸瓜底吧。哈密瓜只要香甜柔軟皆屬一時之選，可當前我是不會滿足於一顆哈密瓜的。

池袋ウエスト
ゲート
パーク

賭徒之金

提到世界第一的賭博天堂，聰明如你已經知道是哪裡了吧。

答案當然是我國日本。馬、船、汽車、摩托車——除了這四種政府許可的公營博奕外，還有一個威武的巨人，似賭非賭，女性文雅地稱之為遊樂的怪物。即使近來不景氣，灰色地帶的王者仍創下一年營業額破二十兆圓的紀錄；順帶一提，豐田汽車的營業額也不過是二十兆圓，所以這項消遣娛樂無疑是日本最大規模的產業。

你的城市一定也有霓虹燈刺目、瀰漫著香菸味、擴音器播送磅礴音樂（噪音？）的遊樂殿堂，清早常客便來排隊的遊樂場——

亦即柏青哥。

就討厭賭博的我而言，這是罕見的柏青哥事件，也是賭徒最後發掘黃金的溫馨故事。

我們無論是誰皆懷抱著型態各異的空洞，有些是以女人、酒的形式呈現，有些是興奮劑的白粉、趁電車擁擠之便吃豆腐的行為，或日幣外匯的保證金。在遼闊而多采多姿的世界，多的是無法恰好填補空洞的刺激。對這男人而言，這刺激正巧是發射直徑十一公釐、五公克重的鐵珠，贏得大獎。當液晶螢幕的數字連線，抱回鉅額獎金翻本時，腎上腺素會在腦內激增、熱血在心臟沸騰，興奮得好似征服天下。然而好景不常，機台內建穩輸不贏的賠率，大多的時候玩家只能絕望地看著鐵珠沒入黑暗，血本無歸。電子吸血鬼藏在玻璃另一側吸收精氣，使人身形漸消。

我和他初識時，他的存在像是黯淡的影子，所以就此來看，這可說是沒有色彩的男人（不是村上春樹的作品❼喔）奪回本色的故事。

請客倌找張舒適的椅子坐下。

我們人人胸中都有黃金，再大的賭局也奪不走，但這裡提到的不是牌價一克五千圓的實質黃金，不能換錢。

而人很愚蠢，相信能換錢的東西才有價值。

賭博之所以盛行也是因為如此吧。

不相信自我價值的人，賭上運氣、才幹、直覺來換錢。不論輸贏，藉此求心安。

在我們生存的世界，沒有比求心安的人更好宰的肥羊。

今年春天很奇怪，吹著涼颼颼的北風。

櫻花較往年早兩週綻放，而後又退回冬季。

池袋街頭的人紛紛拿出之前收進衣櫥的羽絨衣。平凡無奇的春日，如果要說有什麼不同，那就是我換智慧型手機了。手機能上網固然方便，售價卻也跟著水漲船高。

寒若三月天的五月，我在北口的吉迪諾有氣無力地打彈珠。一旁作西裝打扮的池袋國王安藤崇專心拉桿。

「阿誠，情況怎麼樣？有發現異狀嗎？」

他的腳邊放著兩箱彈珠，至於我收下店家的儲值卡後，裡面的數字只是一個勁減少。

「沒有。」

這是天經地義的事，我向來對柏青哥店敬而遠之。再說，柏青哥店挑選音樂的品味很差，什麼AK啊、桃色啊、EXI啊，聽了就頭疼。他們為什麼不放巴哈或莫札特呢？

「別忘了這是工作，要眼觀四面。」

在崇仔高傲提醒時，五彩繽紛的燈飾開始閃爍、液晶螢幕的數字接著迴轉。機台的名稱好像是「CR獨色幫首都決戰III」，我實在不知道哪裡好玩。

我們背後有個年紀大約二十五的小鬼，灰夾克的兜帽下戴著養樂多隊的棒球帽，陰影掩蓋了他大半的臉，存在感低落得可比忍者或失蹤人口。

彈珠台面中間的液晶螢幕裡，三個數字緩緩連成一線。777，中大獎了。真是強運的國王。小鬼憤恨地瞪著崇仔的背影。

這小子是我們要找的詐賭犯嗎？

但騙徒不可能輕易喜怒形於色。他目瞪口呆地看著銀珠潰堤似的淹沒托盤，好半晌才離開。奇怪的小鬼。

❼村上春樹：日本文學大師的作品名稱《沒有色彩的多崎作和他的巡禮之年》和句中失色的男人有同工異曲之妙。

今年春天G少年接受的委託，來自池袋巢鴨大塚拓展十二間分店的吉迪諾娛樂公司。該公司的社長、天野清次郎常出現在電視上，相信有不少人曾看他惹人厭地坐在白色加長型禮車、喝粉紅香檳，極盡炫富之能事的庸俗節目。他太太是二十歲的藝人，只是不知道到底在做什麼工作。鼻子一看就知道動過手腳，這種類型的人工美女通常對錢很敏感。

吉迪諾池袋北口店的營收去年底開始生變。現在柏青哥的營收已徹底轉換為數位化管理，按時記錄所有機台的績效，所以獲利連續幾週下滑兩成絕非偶然。

店長自然懷疑有人詐賭，可是店內到處都設有監視攝影機，密度不輸美國重刑犯監獄。店員也不時巡視有無可疑的客人。總歸一句，在這裡使詐不是件容易的事。

吉迪諾在營收下滑的頭二個月，增派人手加強巡邏，卻無濟於事，錢還是莫名其妙被捲走了。隔月，他們改委託專業的保全公司。天野社長這人很難纏，尤其是當有人敢動他的錢，更是不肯善罷甘休。可是男女六名保全換上店裡的制服，在營業時間坐鎮依然無法揪出詐賭犯，失敗收場。

於是天野找上熟人哭訴，也就是關東贊和會羽澤組系冰高組的冰高組長。我和冰高組長是老交情，但我不知道他的名字，也不想知道。他可說是承包商，扣除佣金後，將工作轉包下游廠商——崇仔帶領的G少年，再下游的零工便是我。

所以現在有十六名G少年的成員在店裡一面玩柏青哥和拉霸，一面觀察身旁有無可疑人物。

話說回來，監視已持續一週，仍不見成果。換來的只有崇仔打彈珠的技術進步，和我渾身的菸臭味。

明明是萬物新生的春季，我這是在做什麼啊？

吉迪諾的廁所很豪華，鋪著仿製大理石的磁磚。廁所前有類似大廳的空間，擺設圓形長椅和自動販賣機。柏青哥的噪音疲勞轟炸讓我吃不消，我腿一跨坐在長椅上。芳香劑的味道很刺鼻。說到底富豪柏青哥店的委託，我根本不感興趣。管他詐賭犯、詐欺師，賭博的油水儘管撈去可以嗎？我還得陪崇仔多久？我想回水果店。老媽的脾氣也快爆發了。在我東想西想時，有雙髒兮兮的靴子映入眼簾。

上方傳來客氣的詢問。

「你好，請問剛才坐在你旁邊的，是G少年的國王嗎？」

我抬頭。骯髒的不只靴子，還有泛黑的灰色夾克，就連棒球帽下的臉也留著不潔的鬍渣。我敢說這小子有好幾天沒洗澡了。年輕的街友？金融危機後，池袋屢見不鮮的類型。

「對，你剛惡狠狠地瞪著他吧。」

他目光炯炯，但不忘堆滿笑容。

「因為我昨天在那座機台砸了三萬圓，結果卻是國王中大獎，覺得很嘔。我看你和國王連著幾天到這間店來，是出了什麼事情嗎？」

我沒見過這小子，但他似乎挺瞭解G少年的工作。可疑的傢伙。我不客氣地問：

「你是什麼人？」

小鬼的客套固若金湯。他笑容可掬地從牛仔褲後口袋連著鍊子的長夾，掏出名片。我感到他的舉動帶了些豁出去的意味。

「啊，對不起。這是我的名片。如果事關柏青哥，我或許能助你們一臂之力，畢竟我自幼就和賭博為伍。」

我接過名片。「數位方塊股份有限公司／SE系統工程師／三橋行矢」憑他這身打扮和芳香劑也掩蓋不了的體臭，居然是名職員。他看到我懷疑的表情，重新戴好棒球帽，說：

「我們公司在正常工作的情況下是一週去一趟公司，所以我白天閒來無事時會過來看看。」

我印象中看到行矢的時候一週超過四天；在家工作的系統工程師有這麼閒嗎？

「現在工作不忙，因為公司的情況不是很好。SE的工作不斷流向工資只要三分之一的中國，他們有幾百名工程師齊力趕一件大案子。其實日本勞工個人的能力絕對勝過中國勞工，卻不敵他們的便宜和規模。真叫人不甘心呢。」

看來系統工程師的身分不是隨便說說而已。我面對的街頭小鬼多半不知道SE的意思，除非字尾加個X。

「你為什麼要找崇仔？」

「G少年接受各種檯面下的委託，我聽說報酬優渥，想分杯羹。」

健談的小鬼。他低著頭朝上看。

「……你們在找詐賭犯吧。」

真意外。這小子髒歸髒，眼睛挺利的嘛。

「你只是從旁觀察就知道嗎？」

他笑咧了嘴，露出黃板牙。

「有關柏青哥的事，我大抵都知道。」

行矢壓低聲音。

「包括這間店有人詐賭。」

「我明白了，這事請你和崇仔談。」

我們離開廁所前的長椅，回到紛亂的戰場。

⚜

我和國王、行矢三人在池袋站東口對側的麥當勞，隔著百圓咖啡、圍著桌子坐定。鄰桌是蹺班的上班族和放學的高中生。對我而言這裡簡直是人堂，沒有柏青哥規律的噪音。崇仔看著行矢的名片，下令說：

「你知道吉迪諾有人詐賭，說來聽聽。」

行矢搓著臉上的鬍渣，說：

「之後請務必付我報酬。我不知道二位對柏青哥詐賭瞭解多少，但其中的手法五花八門。」

他看向崇仔的左手。

「沛納海LUMINOR MARINA 3 DAYS，當上國王果然身價非凡。」

我只知道崇仔的黑錶盤分外的大。這男人莫明瞭解柏青哥和外國製的手錶。崇仔看著他，不曾移開視線。

「廢話少說。」

「我知道了。詐賭分很多種類，傳統的物理手法有彎曲撞針，或利用磁鐵、賽璐珞、油。賽璐珞是一種塑膠，被拿來插在玻璃縫送彈珠入洞。」

這些基礎我之前聽吉迪諾的店員講解過了。

「這些手法已經過時了吧。」

「沒錯，仍在用這些手法的，大概是獨自行走在偏鄉小鎮的詐賭犯，但技術好的人靠這吃飯不成問題。老道的人不改變做法，持續磨練反而棘手，是行家中的行家。」

崇仔氣定神閒說：

「但你不認為是傳統手法。」

擅長解讀人心的國王。

「是的，吉迪諾戒備深嚴，不可能單槍匹馬犯案。現在詐賭和智慧型手機一樣走高科技，假籌碼、改造晶片、電磁波、體感器、配線，不在彈珠或撞釘下手，改在控制柏青哥機台的電腦下工夫，說是駭客都不為過。」

他提到的詞我有一半不懂，電腦我只用來上網和做文書處理。

「哦，詐賭竟如此高科技。」

「正是，所以不可能獨自做案。」

行矢的表情帶著幾分得意，然後崇仔說：

「在店裡，我們看不破手腳的詐賭，你卻能看穿，為什麼？你詐賭過嗎？」

行矢在塑膠椅上挺起胸膛。

「不，沒這回事。可是我能看穿玩柏青哥的人是什麼心態，畢竟我已經玩到成精了。」

這時穿著骯髒夾克的男人開始訴說，十年來沉迷電玩和柏青哥的地獄之旅。我簡略整理如下。

行矢十四歲開始沉迷電玩。因為父親的工作必須輪調，經常兩、三年就得搬一次家。他不斷和好不容易交到的朋友分開，前往陌生的土地，然後堆起親和力十足的笑容自我介紹，實際上卻個把月都無法從悲傷中振作起來。既然遲早得道別，乾脆別交朋友，省得麻煩。寧可選擇孤獨，是他意外細膩的一面。

雖然孤單，但電玩遊樂場隨處都是，當然也少不了推錢幣機。手指靈活、善於觀察的他天天泡在遊戲中心，沒多久便上手，能不動用本錢玩上好幾個小時。

他初次接觸柏青哥，是進入電機工程專校的春季。在入學典禮時認識同為資訊科技系的朋友，帶他到學校附近、高田馬場區重新裝潢開幕的店。

「我嚇一跳。一開始投入的千圓，很快中獎翻倍變成七萬二。一樣是遊戲機，推錢幣不能換錢，柏青哥卻能正大光明地換錢，所以我馬上沉迷其中，不可自拔。」
當時的獎金他拿來請朋友吃燒肉。據說是他第一次用自己的錢吃特級牛五花和鹽烤牛舌。
「後來，我的生活重心全放在柏青哥上。我會選擇現在的公司，也是因為在家工作時間自由，可以盡情打彈珠。」
崇仔蹙眉拿起變涼的咖啡就口。
「你時間自由，卻不洗澡？」
行矢聞了聞夾克的袖口後，笑說：
「很臭嗎？對不起。」
「無所謂，也有人不愛洗澡。你話還沒說完，我知道你過著與柏青哥為伍的生活，但你為什麼能看出誰詐賭？他們和一般客人沒兩樣，店員也分不出來。」
行矢突然認真地看著遠方說：
「因為他們欠缺悲傷和熱情。」
聽來很像流行歌的歌詞，但他不是說笑。

崇仔沒來由地笑了。
「欠缺悲傷嗎。」

行矢傾身向前。

「你知道嗎，國王，玩柏青哥是苦，錢一下子就沒了，萬圓鈔像糯米紙化為烏有，又戒不了。可是受雇職業賭徒的做手，沒有悲傷的情緒、或渴望一舉中獎的熱情。到底是一般客人還是詐欺師，從旁觀察個數分鐘就能分辨。」

這番話合情合理。比起機器或數字，我更相信人的直覺，因為我是靠直覺在池袋街頭生存的。相較於準確無誤，偶爾失誤反倒可信；聽來或許奇怪，但直覺是前程茫茫時存活下來的不二法門。

「那簡單，你發現詐賭犯、馬上通報店員就解決啦。」

行矢聽了我的話，搖頭說：

「不行。詐賭犯八成和店員掛鉤，才至今不曾失風被逮。如果一個弄不好，只會讓人給跑了。」

崇仔的聲音像來自冰層的寒氣。

「吉迪諾有個店員是我們的成員。」

「你能證明他沒吃裡扒外嗎？」

行矢脫口而出。崇仔看著他不說話，目光如怪獸佩吉拉的冷凍光線。穿著骷髏夾克的男人率先投降。

「對不起，我不該多嘴。」

在麥當勞二樓半層凍結前，我插話。

「G少年的成員全是孩提時一起在這條街上長大的，變節會讓他們失去朋友和安身的地方。」

這應該比詐賭賺來的錢牢靠，因為會瞬間失去在這條街上成長的回憶、現在的人際關係，與未來的牽絆。這樣的關係是另一種麻煩，但換作是我，可不想捨棄池袋。

接下來二十分鐘，我們反覆商量對策。

春天令人終日發懶。

這幾天我深刻體會到柏青哥其實是肉體勞動。長時間坐著不動，不但眼花耳鳴、腰痠屁股痛，連鼻子和喉嚨都被煙熏得發疼，和拷問沒兩樣，除非你很好賭。

要不是看在崇仔的面子，哪幹得下去。我受夠電子合成音和震耳欲聾的鼓聲，改聽手機。誕生兩百年的歌劇創作家威爾第，他華麗、雄壯的前奏曲和詠歎調，毫不亞於柏青哥苦毒人的聲光。《弄臣》的故事有關詛咒和美女自我犧牲，我將來再詳細介紹。

不消說耳朵不得空後，我變得必須時時查看手機。在吉迪諾店裡的G少年全用通訊軟體LINE聯絡。一旦出現可疑的客人，就立即通報眾人。時代在進步，從對講機、多方通話、手機簡訊到簡便的通訊軟體；或許只有人的語言沒有進步。

下午四點半，曼圖瓦公爵高唱〈善變的女人〉（歌詞提到女人朝三暮四。義大利人嘛，可以諒解）時，手機跳出LINE的對話框。

「在G22發現做手。」

行矢傳來訊息後，連續出現豎著大拇指的貼圖。G22是右邊數來第七列最裡面的機台。不是我願意，但店裡的路線圖我已經牢牢記下了。我切斷歌劇輸入。

「要過去嗎？」

他立刻回覆。

「等一下，情況不對勁。」

接著丟貼圖，是動漫《骷髏13》的主角躲在暗處。這小鬼真像高中女生。

「哪裡不對勁？」

崇仔問。我邊打彈珠，邊提心吊膽地盯著手機螢幕。行矢回訊。

「對方開始認真玩了，很奇怪。大家先留在原地。」

「收到」的貼圖接二連三席捲而來。或許LINE還是比較適合雙人聯繫。我打著怎麼都不進洞的彈珠，同時心浮氣躁地等待後續通知。

三十分後，我的機台竟然中獎了。液晶畫面開始迴轉，上方的燈光閃爍，像抵達車禍現場的救護車。基於委託的立場，店家提供我儲值卡，中獎算是額外的紅利，可以自行換錢。

我不喜歡柏青哥，但仍不由得握緊拳頭期盼數字連線——紅冠的中間換上號碼7。如果中獎，頭彩的獎金抵得上我家水果店一週的薪水。柏青哥果然刺激。

無奈世事不從人願。機會縱使降臨，也不見得屬於你。LINE跳出新訊息，是行矢。

「機台正熱，請派S來。」

S是最少人數的精銳部隊：崇仔和我及G少年的店員一名。我抱著強烈的不捨起身。鄰座金髮的歐巴桑瞪大了眼睛。

「你這是在做什麼？液晶畫面還在跑耶。」

我看著托盤，彈珠已所剩無幾。

「我臨時有事。」

歐巴桑涎著臉。

「這麼說，這台沒人玩囉，剩下半分鐘讓給我吧。」

只要能玩這機台，她願意出賣任何東西，無論是自己的肉體或家人吧。久未目睹，我不是很開心看到慾望汙濁的臉。

「隨便，妳高興就好。」

在店裡埋伏近十天，我清楚瞭解到一件事。打彈珠的人平時看來了無生趣，可是當液晶螢幕開始迴轉，就變了個人，顯得目光爍爍、慾望橫流。我才離席，歐巴桑立刻推過菸盒；看樣子這裡也有「善變的女人」。

行矢在G21的機台一臉沒事，繼續打彈珠。隔壁是個二十多歲的男生，穿著黃褐色的軍裝外套。他的液晶畫面也開始迴轉。現在我知道行矢口中「欠缺熱情」是什麼意思了。男人中獎後依舊冷靜，不興奮也不歡欣鼓舞，一副公事公辦的模樣。

崇仔在他身後的機台打彈珠，裝沒事人。店員的G少年逐漸走近，掛在腰間的鑰匙隨之鏗鏘響。我在LINE輸入：

「什麼時候行動？」

行矢很靈活，右手拉桿、左手輕快地操作手機。

「機台發燒就動作。」

這邊紅冠也中白字的７７７。終於可以結束漫長的工作。不料當我鬆口氣時，竟出現兩個沒見過的店員加兩名凶神惡煞的壯漢，團團保護G22機台的小鬼。

怎麼回事？他們不在乎被監視攝影機拍下來嗎？

行矢大驚失色。我收到訊息。

「不好，對方察覺了，該怎麼辦？」

崇仔面向彈珠台伸懶腰，伸長的右手裡是手機，裝飾著施華洛世奇水晶。本來緊張到冒冷汗的我，在看到他傳的訊息後笑了。

「所有人到G22。」

不按牌理出牌的國王。下一秒，G少年的成員湧入狹窄的走道，左右包抄詐賭的五人組。崇仔以冰塊邊角似的聲音命令。

「不要抵抗，跟我們到裡面的控制室。」

「去吃屎吧！」

後來出現的壯漢大叫一聲、突襲崇仔。黑色運動衫的背面不知為何用金線繡了「無窮」——這傢伙知道這字的意思嗎？他連根手指頭都沒碰到池袋的國王，就被三個假扮客人的G少年制伏在地。他叫個幾聲後，很快安靜下來，發出像輪胎漏氣的哀嚎，似乎是腕關節給鎖死了。

「走。」

詐賭犯被G少年押走時，行矢吹口哨。

「國王真的很了不起呢。」

他轉頭，眼巴巴地望著我問：

「彈珠台還沒退燒，我可以接著打嗎？」

這部機台是違法改造的證據。

「不可以。這要交給店員，你不准碰。」

即便講白了制止他，他仍目不轉睛，瞳孔擴大、出神地看著閃燈的彈珠台，像旅人在沙漠發現一杯冰水、或毒蟲看到泰國產高品質的安公子❽。

G少年店員趨前打開機台，裡面塞滿了電子儀器。他拔除電路板上的排線。三色的電線中間膨大，像蛇吞了蛋。

「誠哥，就是這玩意兒。」

我根本不知道這是什麼。行矢低聲說：

「他們在配線動手腳，讓電腦失常。」

液晶畫面停止迴轉後，這小子的瞳孔仍未收縮。失常的到底是哪邊啊。

「我們也過去吧。」

行矢和我一同走向吉迪諾的控制室，G少年拿著蛇一般的電線跟上來。這時我總算注意到店裡播放的音樂。歌手是卡莉什麼的，曲名我不知道。解決案件雖好，但行矢到底有什麼毛病？我很在意他放大的漆黑瞳孔。

說真的，自毀前程的小鬼在池袋多得不勝枚舉，根本管不完，我會在意肯定是因為我這怪人愛自找麻煩，沒辦法放即將滅頂的小鬼不管。

貧富差距愈大，街上愈多傷腦筋的小鬼。

看來我暫時是不得閒了。

---

❽ 安非他命。

狹小的控制室擠滿五名詐賭犯、店員和G少年，當中只有詐賭犯坐著。牆壁有一面埋著電腦和監視螢幕。店長告訴崇仔：

「辛苦了。這裡已經沒有需要G少年幫忙的事了。」

他留著當今罕見的飛機頭，以犀利的目光瞪著詐賭犯和吃裡扒外的屬下。

「我會好好教訓他們一頓，再將他們交給警察。」

他恐怕是想弄清保全系統哪裡有漏洞吧。崇仔從容不迫地答應。

「我們會在警察到場前撤離，麻煩幫我和社長打聲招呼。」

我看著低頭坐在折疊椅上的五個詐賭犯。如果是初犯倒還好，累犯的話就得吃牢飯了。這五人個個表情麻木。當他們回歸社會時，可會有正當工作？我心情沉重地想著無謂的事。

G少年跟崇仔離開了。我一面想著詐賭後的人生大事一面跟上，突然冒出一道開朗的聲音。

「如何？和我說的一樣吧。」

穿著髒夾克的行矢。

「嗯，你立大功了。」

我回答，但他忽視我，站在崇仔面前，似乎有事相求。

「揪出詐賭犯是吉迪諾社長的委託吧，我能拿到酬勞嗎？」

崇仔看喜歡打彈珠的工程師時，眼神和看著路邊破損的單隻球鞋沒兩樣。

「照理來說。」

行矢突然低頭。

「抱歉，我不會問能拿多少，但可以現場先給我三萬嗎？」

他的膽量令人刮目相看。我第一次看到有小鬼在事件解決後和崇仔講價，很多小鬼都怕得不敢直視他。

行矢豁出去了。

「我之前開車跟人發生擦撞，因為不想動用汽車保險，被修車費壓得喘不過氣來，甚至沒錢買小孩的泳裝。」

崇仔冷眼觀察他的神色，像研究玻璃框裡的昆蟲標本。

「小孩？」

「幼稚園中班的女生。」

「實話嗎？」

行矢點頭時，渾身顫抖。

「好，拿錢給這小子。」

擔任秘書的G少年從皮夾抽出紙鈔，直接在柏青哥店播放嘈雜合成音樂的走道上進行金錢交易。秘書要求行矢在名片背面簽名作收據。幫派牽扯到錢時，態度是慎防杜漸。

行矢接過錢馬上收到牛仔褲口袋，像變色龍吞蒼蠅般迅速。然後他看著我笑說：

「誠先生，我能加入G少年嗎？」

我聳肩。我至今不曾介紹人進入崇仔的組織，更別說我和他不熟了。

隔天，我又在春季寒涼的水果店，百般無聊地顧店。果實成長時需要照射大量陽光，商品不知是否日照不足，全偏硬。人或許和水果一樣，不能老看網路影片。

無聊的顧店如果說有什麼不同，就是行矢開始沒事天天報到，實在不勝其擾。我沒跟他說過水果店的地址，他可能是向G少年打聽的。他的衣服總是髒兮兮。明明家裡有小孩，老婆卻不洗衣服嗎？真是不及格的妻子。

他坐在店門前的人行道欄杆上。

「誠先生，有事件嗎？」

我頭也不抬地堆放芒果和鳳梨。

「哪來的事件。你不要待在這裡，妨礙我做生意。」

行矢把我的話當作耳邊風。

「最好和柏青哥有關。誠先生，不如我們和G少年組隊，專抓詐賭犯？我們一定會大受歡迎，然後巡迴全國，這樣很有趣吧。」

他一臉陶醉。又不是動漫《釣魚癡日記》，我才不想追著詐賭犯，跑遍全日本的柏青哥店呢。我討厭打彈珠。

他遲遲不肯離去，我不得已只好找話聊。

「喂，行矢。吉迪諾的詐賭是用什麼手法？」

他迫不及待地挺直背脊，即便坐在護欄上仍不減傲氣地表示：

「那間店引以為傲的二十四小時監視系統，其實有漏洞。」

「是喔。」

畢竟不是拉斯維加斯的大型賭場。我不來勁的回應，對照行矢的興致盎然，似乎只要扯上柏青哥，他的體內都會釋放腎上腺素。

「聽說夜間十二點五十五分後，會有五分鐘暫停錄影。詐賭犯看準這段時間，讓收買的店員安裝線束。」

所以行矢一開始就說有內賊。

「只要做手一上設定的機台，馬上中獎。很簡單嘛。」

行矢嘖聲連連晃著食指。我想拿還沒熟的芒果丟他。

「事情沒那麼簡單。在珠子進洞三、四百次後，休息兩分鐘再重複一輪，線束設定的程式才會自動啟動。」

「真麻煩呢。」

「如果技術到了一定程度就不難，我隨時可以當做手。話說回來，店員會在詐賭犯拿彈珠交換獎品時拆除線束，不留下證據。所以公司即使檢查那部機台的賠率為什麼特別高，也查不出個所以然。很細膩的手法。」

池袋署一舉破獲伎倆高竿的詐賭團體，成了池袋街頭和八卦雜誌的話題，但也僅止於此，過後就會被世人遺忘。

「你不用工作嗎？」

行矢常在池袋車站或柏青哥店徘徊。

「嗯，我晚上工作。別看我這樣，我可是優秀的系統工程師喔。」

「我知道了，拜託你離開，你在這會妨礙生意。」

我看他那沾滿塵土、乍看像街友的衣服，這小子真的有天天回家嗎？他從護欄上站起來，難為情地說：

「誠先生，可以請你借我錢嗎？兩萬圓。」

「我沒錢借你。」

我窮是池袋出了名的。行矢不放棄，看來他很習慣向人借錢。

「沒有兩萬，一萬也行。我和國王談好了，之前詐賭犯的酬勞還有二十萬，下週會進來，我拿到錢馬上還你。」

「你借錢做什麼？」

從店裡出來的老媽懷疑地看著行矢。她似乎不希望自家長男與他來往。

他立刻回答，很拚命呢。

「我老婆病倒了。小孩白天上幼稚園雖然不成問題，但不雇保母，我根本沒辦法工作。」

行矢膝蓋破洞的牛仔褲實在沒辦法讓人聯想到保母一詞。

「抱歉，我真的沒錢。麻煩你跟崇仔借，他手頭一向闊綽。」

國王兩年換一輛德國製的休旅車、身穿高價品牌的時裝是事實。再說，我不認為他繳過一圓稅金。行矢盯著我的眼睛，我回瞪他。互瞪我很在行，對手再凶狠都不怕。行矢先低頭說：

「我下次再來玩，請你認真考慮組隊抓詐賭犯的提議。」

「嗯，我會考慮。」

話雖如此，我並不想整天在菸臭和規律噪音的環境裡打彈珠，這對沒興趣的人來說跟拷問沒兩樣。

「阿誠，他是什麼人？」

對來我們家求助的人向來和顏悅色的老媽，竟然板著臉、眉間深鎖。

「行矢。我也不清楚他是什麼人。」

只知道他打彈珠和借錢的本事高強。

當天傍晚，有個媽媽帶著年幼的女兒光顧水果店。店裡這時播放著之前提到的威爾第〈善變的女人〉。女人指著出清瑕疵水果的竹簍，裡面堆放熟透的鳳梨和外皮發皺的葡萄柚，而她萎靡的程度並不輸給賣剩的水果。

「麻煩各給我一個。」

一共兩百五十圓。很聰明的買法，雖然水果的外觀不漂亮，但保證好吃。在腐壞前風味絕佳的，就屬肉類和水果了。女兒始終害怕地抓著媽媽衣服的下襬。年輕媽媽在我找錢時，開口說：

「不好意思，請問這裡是G少年的柏青哥詐賭對策局嗎？」

詐賭對策局？我一時反應不過來。

「我們這兒就是妳看到的水果店；妳是聽誰說的？」

女人客氣地點點頭。

「我聽我老公說的，他叫三橋行矢。我是美里，這孩子名字寫作月美，唸成拉丁文的LUNA（月兒）。」

「……啊，這樣啊。」

我愣在店裡，接不上話。行矢有個幼稚園中班的女兒，似乎不是謊話。

老媽動作比我快。她總是能馬上發現需要幫助的人，或許是江戶之子的第六感。

「妳還好嗎？」

我仔細打量年輕媽媽和名字時髦的女兒。雖然不像行矢誇張，但兩人都穿著舊衣服。大概是換洗著穿了五年的平價服飾。

「還好什麼？」

我轉頭問，老媽完全不理我。

「妳三餐正常嗎？小孩今天有吃過早飯嗎？」

這時，連隔了些許距離的我都聽到美里的肚子在叫。纖細的她紅著臉說：

「孩子吃了，但我……」

想不到她當場落下大顆大顆的淚珠。池袋西一番街的行人經過時，莫不對我們店和美里母女行注目禮。月兒急忙說：

「媽媽，不要哭。下次我的飯分妳一半，我們一起吃。我不用吃那麼多的，所以不要哭。」

我和行矢可說是毫無關連。我既沒接受他的委託，也沒辦法拯救池袋所有窮人。當我準備拿外皮發皺的椪柑打發她們時，老媽說：

「阿誠，你顧一下店。妳們在店門口哭會妨礙生意，到這邊來，我馬上煮東西給妳們吃。」

對手危險的程度，勝過動怒時渾身散發寒氣的崇仔。我想到西一番街外帶事件，我家惡鬼般的老媽同情心發作時，絕對是插手管到底，我沒膽量反抗她，只好讓她湊熱鬧。

「月兒想吃什麼？」

老媽問，聲音是前所未聞的溫柔。月兒雀躍地回說：

「甜甜的煎蛋和章魚熱狗。」

我見縫插針地要求：

「我要加了很多豬肉和洋蔥的味噌湯，附上剛煮好的白米飯。」

老媽瞪我一眼才上樓。美里低頭。

「不好意思，承蒙你們關照了。」

月兒已經爬上水果店旁的樓梯。

「媽媽快來。」

我悄聲交代行矢的另一半。

「我想請教行矢的事，請妳用餐後回來找我，月兒讓我媽照顧就好。」

美里客氣地鞠躬。

「給您添麻煩，實在過意不去，對不起、對不起、對不起。」

我們見面後，她對我低頭道歉無數次，儼然習慣成天向人賠不是。

她的舉動傳達的信息很單純：「對不起，我竟然活著」。這不是一個幼稚園女兒的母親該有的想法。

老媽照要求煮了豬肉味噌湯，在少許高湯裡加入大量洋蔥的新菜色。洋蔥的甜帶出豬肉本身油脂的甘味，而左右最後滋味的是大蒜泥。如何？窮人家的晚餐很好吃吧，有錢人儘管去吃那些不怎麼美味的法國餐吧。

美里到樓下水果店是傍晚採買顛峰後的六點半。我問這位多少豐潤些的母親：

「月兒呢？」

「不好意思，她睡著了，所以借用誠先生的房間讓她休息。」

二樓只有我那兩坪多的房間鋪榻榻米。老媽三坪的臥房不知道為什麼是小型雙人床，再來就是廚房飯廳一體的空間。

「請坐。」

我朝啤酒箱努了努下巴。美里坐下時傳出沙沙聲，我家水果店灰塵大，不可能像經營複合式水果咖啡廳的千疋屋潔淨。

我第一個問的是之前就想知道的事情。

「行矢真的有工作嗎？」

美里的臉蒙上陰影。骯髒的工程師想必是他們貧窮和煩惱的根源。她幾不可聞地表示：

「……他似乎會在不被解雇的範圍……完成工作……外子其實很溫柔……是個好爸爸。」

我無心同情她。

「他是好爸爸，但很多人渣都是好爸爸。他不工作在做什麼？」

我大概能猜到答案，但我一定要聽美里親口說出來。

「……打……彈珠。」

沒救的故事。當然，打彈珠不違法。行矢不工作，傾盡家產「遊樂」是他個人的自由。

「是嗎。妳一開始提到詐賭對策局，是為什麼？」

美里嘆息。

「前天夜裡，外子回到家暢談今後要以柏青哥為業。我以為他又找到什麼不可靠的必勝法。」

我不假思索地回說：

「行矢常找到必勝法啊。」

我本來只是想開玩笑，沒想到美里的心情頓時一落千丈，露出厭世的笑容。

「是，他三不五時就會花數十萬買情報。比起我或月兒，外子更重視在柏青哥贏錢。我已經累壞了。他前天出門後就沒回家。」

「這樣啊。」

我無話可說。沉迷賭博的丈夫和他的家人──窮街陋巷比比皆是，聽到耳朵長繭的故事。

「外子談獵捕詐賭犯時，曾提到西一番街的水果店和你的名字，所以我厚著臉皮來拜訪。」

「抱歉，我幫不上忙。」

我不是慈善家，也不是志工，金錢方面我恐怕更需要他人救助。黯然的美里故作開朗地笑說：

「別這麼說，令堂做的菜很好吃，她甚至做了飯團讓月兒明天用。我們家現在沒米，真的是得救了。」

沒錢買米！這是哪個時代的事情啊。二樓響起女孩的哭聲。老媽好生安撫，但她哄小孩的聲音很噁心。

「阿誠，你來一下。」

發點召令了。我向美里點點頭就衝上二樓。如果點名未到，可是有恐怖的懲罰在等著我。我家的上司比池袋惡名昭彰的國王可怕個千百倍。

月兒驚慌失措地哭著，可能還搞不清楚自己在什麼地方吧。我幼稚園時也很愛哭，畢竟這是個冷酷的世界。

「阿誠，你送這孩子回去，店我來顧。」

中班的月兒身高一百一十公分左右，體重十五、六公斤。美里要抱著她回家的確辛苦。

「另外，你既然是池袋首屈一指的麻煩終結者，就想辦法幫幫美里一家人。」

「等一下，這回無關違法亂紀或是糾紛，只是有人柏青哥成癮，家人跟著受累罷了，既不刺激也不懸疑。」

說穿了，我的三寸不爛之舌根本無用武之地。我不知道有什麼方法可以阻止人吸毒、賭博、性犯罪。老媽瞪我，炙熱的視線可媲美美軍開發中的雷射兵器。我的臉要燒焦了。

「少囉唆！我也會想辦法，你看能幫多少就幫多少。總之，你今天先送月兒她們回家吧。」

遵命，主人。只要我還在池袋生活，就不能違抗老媽。月兒仍哭個不停，我輕撫她的頭髮後，被她的熱度和汗水嚇一跳。小孩連睡覺也特別賣力，是為了盡快長大吧。

「月兒不哭喔，我送妳和媽媽回家。」

「嗯，誠叔叔好像爸爸。」

我抱起月兒。好輕，差不多是兩顆中型西瓜。這孩子真的有每天攝取足夠的營養嗎？

日產達特桑的小貨車載著美里母女，奔馳在晚間副都心的南區。池袋的高樓愈蓋愈多，街道在失落的二十年間不知不覺變了個樣。拔地參天的華廈代表過著文明生活的人口成長，雖然我的生活不變。

「妳住哪兒？」

「都電荒川線的巢鴨新田站附近，你送我們到車站就好。」

我正有此意，畢竟我沒興趣窺探別人家。但月兒可能累了，在接近巢鴨新田鄰站的大塚時又沉沉睡去。美里不得已，只好羞慚地報上車站到家的路。他們家不是高樓大廈，而是平民百姓的地段。映入眼簾的公共住宅，牆壁已從米黃變成土黃色，陽台扶手和紗窗仍殘留高度成長時代的痕跡。入口旁的停車位空著，所以我暫時借來停放。

「月兒，到家囉。」

我抱起睡得汗流浹背的小女孩。睡得迷迷糊糊的月兒，喃喃說：

「爸爸，你回來啦。」

我和美里相視而笑，或許有小孩就是窩心。美里走在亮著一盞盞日光燈的走道，特大的廉價托特包透露著一股媽媽味。她帶頭踏上樓梯，生過小孩的臀部看來很柔軟。我會這麼想，表示我也成熟了呢。

「不好意思。我們家在四樓公寓的頂樓，沒有電梯。」

她汗水淋漓地說。

「小事，我常搬水果鍛鍊身體。」

四樓的外廊吹來春夜裡乾燥涼爽的風。

「你們住幾號房？」

我若無其事地問，得到的回應是美里驚嚇地倒抽一口氣。深綠色塗漆的鋼門屬舊式樣，中間是信箱，上面貼了幾張手寫的紙條。

（還錢，沒人性的傢伙）

（三橋行矢，快把你借的錢還來）

（不還錢就去死）

（各位善良的市民，這棟公寓的三橋家是不要臉的東西）

騷擾成分多過討債的紙條，隨著夜風飄揚。我抱著月兒抽不出手，反倒是愣怔在一旁的美里衝上前，奮力撕下這些紙張。她不是怕我看到，而是怕女兒看到。儘管月兒目前只會注音，這些紙條仍能充分傳達書寫者的不懷好意。她將皺巴巴的紙條塞進托特包後，表情僵硬地開口。

「謝謝你今晚送我們回來。月兒交給我吧，請代我向令堂道謝。」

她抱著咿呀抗議的月兒彎腰致謝，不等我回話又說：

「請你之後不要管我們。這個家已經不行了。我不能再忍受這種生活，我要和那個人離婚。再見了，誠先生。」

我深呼一口氣，吐出憋在心裡的難過。

「請等一下，妳覺得這樣好嗎？月兒仍需要父親吧。」

美里很堅強。花容失色的她憑著意志力笑說：

「我今天去找你，只是想確認他是不是又和地下錢莊借錢，或撒謊向不知情的人借錢。我不想再增加一圓的債務了。」

「真是這樣嗎？妳其實……」

我打住。美里其實打算挺著食物全分給女兒的瘦弱身子，搶在丈夫前頭，阻止他新增借貸。

「令堂也是獨力撫養你，所以我會試著努力。」

我回想和老媽二十多年來的點點滴滴。

「我不鼓勵妳一個女人撫養孩子，反正妳隨時可以放棄這段婚姻，要不要再努力看看？」

抱著月兒的美里一臉訝異。我可能遺傳到老媽的雞婆，再不然就是江戶之子的壞毛病。

「雖然不知道能做些什麼，但我會盡量照顧行矢。外面風寒，你們快進去吧。」

字條的碎片飄過我的腳邊。不還錢即沒人性，那放高利貸的人又該怎麼說？我在外廊等綠色的門帶上，才一路跑下樓。

回家前，我想打聲招呼，於是在貨車的駕駛席撥電話給池袋的國王，但不知為何應答的竟是卡通嗓音的女生。電話轉交崇仔後，我調侃他。

「你挑秘書的喜好什麼時候變了？」

崇仔嘆息，如寒風吹襲冰河。

「阿誠，你的冷笑話讓我一年少活三天。有事快說，否則我要掛電話了。」

「等一下。行矢的酬勞還有二十萬，是真的嗎？」

「錢的事我不清楚，但我們沒道理付他這麼大一筆錢。」

要揪出詐賭犯時，他打彈珠的費用也是店家買帳。崇仔說：

「話說回來，行矢說你想擴展對付詐賭犯的生意，還說吉迪諾的社長已經向各方引薦你們。」

行矢的謊。

「崇仔，你覺得我真的會把這種麻煩事攬到身上嗎？」

「那小子騙人嗎？」

「是啊，那小子四處扯謊撈錢。我現在在他的公寓前面。」

崇仔放聲大笑，彷彿颳起暴風雪。

「你好事的個性實在了不得。說吧，什麼情況？」

我簡短提及美里和月兒的情況。行矢的老婆為了餵飽幼稚園女兒，幾乎營養失調；公寓大門貼滿高利貸討債的辱罵字條；最後補上一句，這一家三口就快分崩離析了。

「老媽命令我一定要想辦法解決這家人的問題。」

國王又笑了。溫度雖然同為零下，但溫和些。

「那我非得幫忙了。」

「嗯，所以我打給你啊。崇仔，可以替我跟G少年的成員打聽一下嗎？」

「呵呵呵。」國王的笑聲如夜裡的冰柈磨擦般低沉。

「有你在絕不無聊。你想打聽什麼？」

「有幫人戒賭的專家、或特效藥嗎？我完全不瞭解這方面的事。」

連實際有沒有幫人戒賭的專家或藥，我都不知道，但不要小看G少年合法、非法方面的情報網。再說，我不喜歡上網查資料，總覺得不能相信網路。你也一樣吧，說什麼都難以相信比自己晚誕生的工具。

崇仔答應了，隨即掛斷電話。

他和我不一樣，缺乏展現成年人遊刃有餘的幽默。

這小子還太年輕。

這一晚我輾轉難眠。貼滿紙條的門、月兒的汗味和體溫、美里絕望的微笑在我腦海中揮之不去，但我睡不著不只因為想事情，也因為我房間緊鄰著老媽的臥室，整晚都可以聽到她說話。連續幾個小時聽她和不同人講電話，已經是堂堂的虐待，嚴重損害我的精神。

好在隔天巢鴨的蔬果市場休市，我可以悠哉地起個晚，再思考對策。不過話說回來，我沒有一次是訂立明確的戰略，所以有時，我真覺得自己是藉著擬態，在池袋街頭生存的昆蟲。不靠智慧，只靠野性的直覺和反射神經活下來。當天色微亮時，我終於墜入夢鄉，不必再聽威爾第的歌劇和老媽講電話。正所謂「能睡就是福」，我也成為墮落的大人了。

「阿誠，有你的客人。」

我在老媽心情欠佳的呼喚聲中清醒，這是位居我心目中前三名、最不愉快的起床方式。我掀開棉被、穿著汗衫，直接從我兩坪多房間的房門探頭。行矢尷尬地站在外面，臉色發青，似乎一夜沒睡，或只是在戶外匆匆補眠。

「抱歉，能借我錢嗎？五千圓就好，再不然三千、兩千也行。」

我撥了撥剛睡醒的亂髮。

「為什麼要借錢？」

他是典型的撒謊成性，回話時沒有片刻遲疑。

「家裡現在有些困難，沒錢買女兒幼稚園的教材。你知道，就是筆記本、色鉛筆、色紙之類的。」

「我知道了，我們到附近的咖啡廳談吧。」

「我之後預計有筆錢要入帳。G少年的國王委託我抓詐賭犯，而且不是吉迪諾這種池袋當地的柏青哥店，是全國連鎖公司。」

他提到的大公司，在電視廣告有著空泛而朗朗上口的標語——共創日本光明的未來、透過遊戲締造文化——通常內在愈虛浮的事物，就愈重視外表的光鮮亮麗。

我們的世界實在令人啼笑皆非。

我們來到羅曼街新開的咖啡廳。說是新開，也營業十年了。我點了厚度四公分的蜜糖吐司後，饑腸轆轆的行矢跟著我點了一樣的。在咖啡歐蕾送上桌前，他說：

「你願意借我錢吧。方便的話，我希望能立刻拿到錢。」

我搖頭。

「不，我不會借你錢，而且沒有人會借錢給你了。」

他的臉色不斷變化，一下子寫著懷疑、一下子寫著擔憂，和快爆發的怒氣，最後他選擇謹慎，表情戰戰兢兢。

「誠先生，這話是什麼意思？我不像你所說的到處欠債啊。」

「你太太之前帶著女兒月兒來我們店裡。」

他臉上完全沒有表情了。

「她很擔心你會向我借錢。後來，月兒睡著，我開車送她們回去巢鴨新田的公共住宅。」

行矢嘖了聲。

「那又怎樣？愛打彈珠是我的自由吧。」

兩盤蜜糖吐司來了，散發著蜂蜜甜滋滋的香氣。

「沒錯，是你的自由。你家大門貼滿討債公司催討債務的字條，你太太怕月兒看到，全部撕下來塞進包包裡。你的自由實在了不起，妻子女兒都因為你的賭癮折磨得不成人形。」

行矢抽泣起來，照樣伸手拿吐司。他和美里一樣，再大的屈辱也抵不過整整兩天沒吃到東西。

「你昨天有吃東西嗎？有回家嗎？」

他邊哭邊搖頭，蜂蜜弄得他一手黏答答。我的手機在這時響起。崇仔來電。

「我聽到音樂，你一早就在咖啡廳，難不成是約會？」

我看著狼吞虎嚥吃著蜜糖吐司的小鬼，心浮氣躁地回他：

「如果對象是正妹就好了，可惜是行矢。」

國王嗤笑。

「我找到有個男人可以幫人戒賭，他似乎是真正的專家。聽好了，他叫……」

我拿餐桌的紙巾記下。皇冠電器第六業務開發部，山崎建夫，現年四十八歲。我記得皇冠是東京證券交易所上市的綜合家電製造商。

「普通的上班族兼職幫人戒賭嗎？」

「我也不是很清楚，但八九不離十吧。山崎很像你呢。」

四十八歲的上市公司員工像我？我真不知道該高興、還是傷心？

「怎麼說？」

「第一他不收謝禮，第二他發現有人賭博成癮後無法置之不理，總是不分日夜奔走。很像你吧。」

就像宮澤賢治❾，憨厚的人往往受到無知的世人輕蔑。

「我託他今天下午三點，在東京藝術劇場二樓的咖啡廳跟你碰面。你用綁的也要把行矢帶過去。」

「知道了。」

我掛電話。行矢在我講話時，將厚實的吐司吃得一乾二淨。我的吐司則冷掉變硬了。

「我問你，你想過不打彈珠嗎？」

❾ 宮澤賢治：日本國民作家兼社會運動家，在當時被視為追尋理想國的傻子，作品有《要求特別多的餐廳》、《銀河鐵道之夜》等。

他木然地說：

「很常啊。抱著破釜沉舟的決心戒賭的次數，更是數也數不清，可是我一直輸錢，怎麼樣都不想在扳回一城之前放棄。」

沉迷賭博以報復有缺憾的人生，又因此負債累累。我們生存的世界充滿無數的陷阱，像甘甜的蜂蜜淬了毒。仔細想想或許和首相安倍晉三的經濟政策差不多。

「你欠多少錢？」

「多到算不清了，我想有八、九百萬，但不到一千。」

「你想靠打彈珠贏回這麼一大筆錢？」

行矢高聲說：

「少囉唆，既然是打彈珠欠下的錢，沒道理不能靠打彈珠還清啊。」

這是哪門子的蠢話。

「先不論你的情況，美里和月兒呢？你太太現在和你一樣啊。」

行矢頂著茫然的臉，隨口問：

「哪裡一樣了？」

「她和你一樣幾天沒吃東西、輾轉難眠。在你打彈珠求中獎逆轉的時候，她的食物全拿去餵女兒吃。」

行矢欲哭無淚地低著頭，化成白灰。我的手機響了。這次是老媽。她很少打電話給我，今天早上真忙。

「我正在談重要的事，妳晚點再打來。」

老媽似乎聽不懂人話，她大聲回我，比行矢還有魄力。

「閉嘴，你聽好了，店裡十點會來一位客人，據說是賭徒的救星，在東京無人能出其右。如果錯過這次機會，行矢就沒救了。」

很耳熟的情報。我不慌不忙地說：

「妳是說皇冠電器的山崎先生吧。我早就聽過這人的風評了，想和他約時間見面呢。」

我知道老媽在電話另一頭大翻白眼。心情真爽。我們在十點十五分離開咖啡廳，返回水果店。

店前的中年男子，穿黑西裝、打黑領帶，右手提著合成皮的黑色公事包，和落在柏油路面的影子一樣不起眼。我盡可能壓低聲音問：

「山崎先生嗎？」

山崎鄭重行禮後，說：

「是的，正是本人。請問想戒賭的是這位嗎？」

上市公司的員工果真不一樣，客氣到令人惶恐。行矢急忙鞠躬。

「我是三橋行矢。我想戒賭，但又怕不打彈珠後會一無所有。」

「不會一無所有的。我和你一樣有賭癮，這是一種病。」

我嚇一跳，看不出他有賭癮。於是我說：

「所以賭癮能治癒囉？」

山崎搖頭，像睿智的貓頭鷹。我一直覺得他給人的感覺很熟悉，現在終於知道了，他像森林裡與黑夜融為一體的猛禽。

「不，我現在還是有賭癮，治不好。」

行矢垂頭喪氣。

「果然沒救了，畢竟賭博有致命的吸引力。」

賭錢，是卜算自身的運氣和能力。賭命，是預卜未知的將來。生存本來就跟賭脫不了干係，否則凡人不會為之著魔。山崎笑著搖頭。

「不對，我有賭癮，但我已經十一年不碰柏青哥了。每天都為了避免賭癮復發而努力。」

「你是怎麼辦到的？」

他溫柔地回答我。

「第一步是就醫，一個月一次的賭癮門診。再來是每週出席我加入的互助團體。」

「然後呢？」

「沒了。」

初春人行道上朦朧的人影，不知為什麼山崎的影子看來特別清晰。行矢抱頭哀嚎。

「我不像你在大公司工作，人格也沒你高尚。柏青哥占了我人生的三分之一，光靠就診和互助團體絕對幫不上忙。沒有特效藥嗎？吞了讓人看到彈珠就想吐的藥？」

山崎面不改色，沉穩地笑了。我提議：

「我們到咖啡廳談吧，這裡畢竟是公共場所。」

「不了，沒什麼好避諱的。我們只是討論任何人都有可能罹患的疾病，不必上咖啡廳浪費錢，一杯咖啡少說也要幾百圓。三橋先生剛說我人格高尚，絕非事實；我其實是敗類。」

我在電視上看過皇冠電器總公司。位於品川站港南口，四十層樓高的玻璃帷幕科技大廈，和我工作的水果店截然不同。我頓時動了肝火。

「山崎先生口中的敗類和池袋的敗類有差距吧。」

「沒這回事，請收下。」

他從黑色皮革的名片夾裡遞出名片，上面寫著皇冠電器第六業務開發部，和崇仔的情報一致。

「我們公司之前只到第五業務，我現在所處的第六業務，是雷曼事件後緊急創立的部門，位處沒有窗戶的地下樓層。雖然不能直說，但我們部門被稱為流放的邊疆地帶，員工全被囑咐另謀高就、或想辦法調職。我今天有空，也是因為在白板寫要外出面試。」

我不瞭解業務開發，不過工程師的行矢似乎能理解。

「辛苦了。」

「不會，我很感謝公司。我年輕時因為打彈珠，讓公司痛失兩家長年來合作的大客戶，公司即使開除我也不為過，但我只受到懲戒處分。」

他作勢拉桿。我想他的生活真的不順遂，所以接下來的問題，包含我對他家庭幸福的期待。有些人可能工作失敗，但家庭美滿。

「家庭方面呢？」

行矢抬頭。山崎總不可能錯待妻兒吧。

「內人離開我了，不能怪她，都是我的錯。岳父曾資助我們買房的頭期款，對我很好，我卻在岳父喪禮的隔日，就盜用奠儀打彈珠。而且當時我運氣莫明的好，中了大獎，不過贏來的錢隔天就吐回去了。」

行矢悄聲問：

「小孩呢？」

山崎幸福地笑說：

「我有個女兒。她不願意和我見面，但願意收下我給的零用錢。小女明年就要考大學了，希望她能考上第一志願。」

「啊——我受夠了！山崎先生根本和我一樣嘛。在公司只差沒被開除、家庭分崩離析，連孩子的面都不能見，沒有半點好事呢。」

行矢泫然欲泣。我也沒辦法認同山崎，因為他公私皆無可取之處，只有誠實這點值得讚許。我死也不想和這名中年男子交換人生。

「的確。」

山崎臉上依然掛著微笑。

春日的陽光有如鳥羽，從略有薄雲的天空輕柔灑落。

「我和互助團體的成員或許沒一個好東西，但三橋先生，我們比你幸運。」

西一番街的雜音遠去。或許聲音滲透柏油路和水泥地後，聽來就是這樣。山崎自信滿滿地表示：

「你現在一樣在想辦法撒謊籌錢賭博吧。因為你深信成功是手上的錢和物質，所以為了證明自己，你不斷嚴加指責他人微不足道的缺陷，使你的心無一刻寧靜。」

「自作自受，」我想，可是山崎比我有一手。

「但這不能怪你，因為你生病了。」

行矢囁嚅。

「我真的病了嗎？這病能醫治嗎？」

「可以，日復一日治療到你死為止。三橋先生，你想想，如果不必撒謊度日、不必打腫臉充胖子、或逞能，該有多心安理得？」

我不賭博，不過偶爾撒謊。如果照山崎的方式生活，或許再無可救藥的「敗類」都能重新獲得幸福，因為我們全感染「打腫臉充胖子病」了。

通往我家二樓的樓梯，傳來小女孩的呼喚聲和雀躍的腳步聲。

「……爸爸。」

瘦小的月兒手裡拿著茶色的信封。

幼稚園中班的小朋友衝下樓，撲向行矢滿是塵土的牛仔褲後，遞出皺巴巴的信封。

「爸爸，這裡有錢，你拿去做新的生意。」

我們瞠目結舌看著行矢。他連四歲的小孩都不放過，竟然騙孩子的錢打彈珠。當他繃著臉強忍淚水時，月兒快樂地說：

「昨天晚上，我沒看到爸爸就哭了。」

信封上寫著教材費。

「行矢，這筆錢……」

月兒看我。

「沒關係，我不要色鉛筆或色紙。大家做勞作時，我可以在庭院玩，所以……這給爸爸。」

行矢輕撫她的頭後，月兒哭著說：

「拜託爸爸回家。爸爸不在，我和媽媽都很想你。」

美里下樓了，身後見得到老媽的身影。美里和行矢隔著女兒，站在人行道邊。

「老公，拜託了。你知道這是最後的機會……」

行矢打斷她。

「我明白了。山崎先生，請醫治我的病。」
發放邊疆的上班族點頭。
「我不能醫治你的病，二橋先生，你必須靠自己的力量。請你和家人一起努力吧。」
之後我們以一罐一百二十圓的果汁，在西一番街的路旁乾杯。這樣的派對很符合景氣持續低迷的池袋。自此之後，我常想到「不撒謊而活」、「不打腫臉充胖子」，雖然我現在仍以謊言度日，不知道什麼時候能獲得山崎定義的幸福。
這恐怕是一生的課題。

目白的精神科診所在治療賭癮方面，算是小有名氣。行矢開始就醫、一週固定出席兩次賭癮互助團體，並在嚴重焦慮時服用精神藥物。
然後，他申請債務重整，每個月償還三萬圓，二十年後才能解脫，但他不心急。只是可想而知，他今後不能再借貸了。
即將入夏之際，我曾在西口公園遇到他和月兒。現在他天天洗澡、換襯衫，牛仔褲也再不見塵土了。
「山崎先生很了不起呢，在他身邊的人全逐漸痊癒。」
行矢坐在長椅上說：
「如果能持續一年不碰賭，我想學山崎先生幫助為賭癮所苦的人。」

行矢和當初邀我獵捕詐賭犯時相比，判若兩人。

「不撒謊地活著是什麼感覺？」

月兒坐在一旁，用粉紅色的千代紙折紙鶴。天空飄過看似柔軟的高積雲。

「很平靜，像涓涓流水逐漸改變我的心。」

我的視線離開行矢，改看西口公園狹窄的天空。我靜觀浮雲變化；最近我曾像這樣靜下心來自省嗎？我們的上方即是天空，卻沒人仰望。行矢問：

「我說了什麼奇怪的話嗎？」

「沒有。」我回答。其實奇怪的，肯定是沒加入互助團體的人。

「當你想助人時，記得第一個找我喔。」

「可是誠先生沒有賭癮啊？」

「不要推拒，也幫我治病啦。」

我們是二十一世紀纖細、優雅的人類。姑且不論賭癮，但毛病絕對少不了。你應該也能輕易舉出身上兩、三個毛病，像是撒謊、虛榮、好鬥、自私，或明明完美卻不放心，進而失控攻擊他人。我都知道，因為你和我一樣。

這些毛病要根治或許有困難，但作為同樣患病的伙伴，我會在池袋浮塵的街頭，和行矢、月兒一起為你祝福——

願你能安然與疾病共存。

池袋ウエストゲートパーク

西池袋的游牧圈套

城市適合游牧生活嗎？

游牧民族最為人所知的是沒有一定住所，在遼闊的草原趕羊放牧，雖然偶爾團結起來建立帝國（成吉思汗！），但多數時候是看天吃飯、逐水草而居。馬、羊和蒙古包是游牧生活僅需的物品，現金卡、手機、電視皆無用武之地。說實話，人多多少少都嚮往生活在繁星點點的天幕下，可現在成為常態的全球化（新興國轉為富庶），使正規的游牧生活危在旦夕，無趣的定居生活接踵而來。文明就是得擔憂下個月的房租和明年的年收入。

然而，世事巧妙。有事物在一處消失，便會有相似的事物在別處興起，而且冒牌貨通常比正牌便宜些。在蒙古草原瀕臨滅絕的游牧生活，竟在二十一世紀的東京盛行。

至於東京游牧民族的生活必需品，則從羊和蒙古包換成蘋果的產品。

筆電和手機、行動上網裝置，再來就是非蘋果品牌，但很好用的外接行動電源HyperJuice。即使比不上棕色的阿拉伯馬浪漫、俊逸。

這些人不在綠意盎然的草原漂泊，而流離遷徙在電源充沛的咖啡廳或圖書館，安靜處理資訊科技的事務。他們是自由的數位勞動者，沒有辦公室、不受雇於一家公司，生活也和蒙古的游牧民族一樣不富裕。自由和富裕在時下的日本完全呈現反比。

在炎熱如地獄的今夏，我認識的游牧勞動者未被現實擊倒，依然滿懷希望和夢想，憑一己之力創造自由的工作方式，期盼有朝一日能年收破億。

雖然實現夢想的過程不小心接觸違法生意，還請見諒。在我居住的池袋要做對的事，有時會跨足灰色地帶，實屬正常。

好啦，數位游牧民族的奮鬥記要開始了。故事保證比類似的心靈成長書有血有肉，因為登場人物有北東京第一殘暴的惡魔兄弟，而作者（也就是本人）的文筆也稍有長進。

此外，相關商業書內容的厚度，讓最新的聚氨酯保險套（零點零二公厘！）也黯然失色，所以是我的書大獲全勝。

今年夏天依舊不正常。

儘管地球暖化後，我就對正常的夏季不抱期待。日本東西列島的溫度是連日破三十五度的酷暑，九州、中國❿、中部是連續降下一小時累積雨量達百米的豪雨。反觀東京不但不降一滴雨，連在店門前的人行道潑水，也沒幾分鐘便蒸發了。在午後的烈日下，池袋的行人個個腳步虛浮似幽魂、汗流浹背似濕濡的殭屍。

連顧店的我也是汗流不止。

我家水果店雖然有空調，但沒有牆壁或玻璃隔絕室內外，只有靠近內側的收銀台有些許涼意，所以即使在腳邊擱個電風扇，也僅是製造熱空氣對流。

今年夏天困擾我的不是本地幫派的動向、綁架勒贖事件或新型毒品盛行，而是筆者的天敵，截稿日。因為死期當前，我仍拿不定題材。像我這種撰寫寫實文學的專欄作家，最怕無米之炊。徹底腸枯思竭的我，和東京一樣乾涸，在熱帶夜不成眠地殷殷期盼。

遇到瓶頸時，你會怎麼做？

我的做法萬年不變——漫無目的遊蕩在無邊無際的街頭。

或許我才是真正的游牧民族。

截稿五天前的傍晚，我在西池袋閒晃。口袋裝著手機，替代數位相機、錄音筆和記事本。近來西池袋重新開發後，高樓四起活像樂高遊樂園。

我在樂園的一樓發現新開的店「The Stream」，外觀介於咖啡廳和辦公室。招牌的店名旁以英文備註COWOKING SPACE，高職畢業的我勉強能理解這英文詞是共用工作空間。

正愁沒題材的我，推開沉重的玻璃門。

如果是另類的咖啡廳，我充其量也不過損失一杯咖啡錢。

「你是本店會員嗎？」

⑩日本地區名。

店裡的年輕男性一開始就不客氣。他留著特意修整的鬍子，穿白襯衫，下身的牛仔褲褲管捲起，腳上不穿襪直接套樂福鞋很清爽。

「咦，這間店是會員制嗎？」

「你知道本店提供什麼服務嗎？」

「我第一次來，所以不太清楚。」

他看我的手。我當然是兩手空空，因為家就在附近。

「這裡不是咖啡廳，是工作空間。我看你沒帶電腦，恐怕無法利用本店的服務。」

兩張大桌子緊鄰牆邊寬敞的櫃檯，椅子約二十張，有兩組人在談話。青年所在的櫃檯放著光亮的義式濃縮咖啡機，看來就是普通的咖啡廳。我外貌不像知識分子，只好使出殺手鐗——我連載專欄的街頭流行雜誌名片。出人意表的，我的頭銜是「專欄作家」，不是水果店店員。

對方接過我的名片後，神情變了。簡直可媲美水戶黃門的印籠⓫。

「本店也有訂這份雜誌，真島先生是《城市之聲》的筆者吧。我常看你的專欄，沒想到你這麼年輕。」

他說話突然變得很恭敬。我維持笑容不變。

「我為專欄的題材走訪時，發現這間店。我記得上個月沒有貴寶號，方便接受採訪嗎？」

「歡迎。本店目前開幕不到三週，是專為游牧勞動者（NOMAD WORKER）設立的空間。」

游牧勞動者。像游牧民族的工作者？

「像是租賃辦公室嗎？」

「不一樣，我來介紹。首先這個自由空間，能用來拓展人脈。因為游牧族都是自由工作者，所以透過這空間建立橫向聯繫，拓展業務。」

我們現在所處的區域像咖啡廳。鬍子男踏出櫃檯，走向另一頭。這區面積和自由空間一樣，但劃分為許多小空間擺放辦公桌，有如圖書館的閱覽室，只聞敲打鍵盤聲，不聞耳語交談。

「這個工作空間設有插座和網路訊號。只要繳交一千圓會費，加入本店的會員，再另付一小時一百圓的費用，就能無限使用。冰箱和自動販賣機也一應俱全。」

所以自由人不在家工作，而在共用工作空間集眾人之力承包業務嗎。挺有趣的。

「我看大家埋頭打字，似乎以資訊科技人才居多呢。」

這裡看不到家庭代工的玩具裝箱或零件組裝。

「不好意思，可以請你介紹游牧族給我認識嗎？」

他開心地豎起大拇指。

「太好了，本店有幸刊登在真島先生的專欄嗎，請務必附上店名。」

「好，我一定附上。」

雖然是銷售普普的雜誌，不知道有多少宣傳效益，但傳媒的魔力仍令人欣喜雀躍。

他想了一下。

「本店的常客有個合適的人選，他大概二十分鐘後到。」

「知道了，我留下來等他。」

⓫ 官印。

我回到自由空間作筆記：共用工作空間的特徵、友善的店長、桌椅的樣式。

我喜歡這地方，沒有公司或商業的氣息。

「你好——」

走進店裡的男人身形矮小，穿著紅色短褲、白色馬球衫。草編的紳士帽看來價值不菲。店長招呼他。

「利昂（LEON）先生，這位是真島先生，我在訊息裡提到的專欄作家。」

男人迅速從褲子的口袋掏出名片。名片因汗濕變軟。樋口玲音（LEON），所以店長才喊他利昂啊。現在英文諧音的名字已稱不上時髦了。

「請喊我利昂，我也直接稱呼你誠先生吧。」

他咧嘴笑，門牙白得發亮，似乎做過牙齒美白。「牙齒是藝人的生命」雖是陳腔濫調，但也喚起危機意識。

我們在大桌邊入座後，店長端上招待的雙倍濃縮咖啡，平時一杯要價一百五十圓。當他放下咖啡時，說：

「對了，聽說目白站前的 WhiteSpace 有人鬧事。」

目白是我的地盤，但我完全不知道這事。利昂剎那間出現苦惱的表情。

「好像有這麼一回事。WhiteSpace 的氣氛好，距車站不到一分鐘的路程，所以我常光顧。就是會有瘋子做出不可理喻的事。」

他只差沒嘆氣。利昂似乎也是WhiteSpace的常客。

「那間White什麼的店，和這裡一樣是共用工作空間嗎？」

店長回答。

「共用工作空間起源於港區和澀谷區。WhiteSpace在東京二十三區的北邊，雖然不是鼻祖，但開店也有一年了。」

「發生什麼事？」

上門鬧事我看多了，舉凡潑灑廚餘、噴漆塗鴉、網路抹黑皆如數家珍。店長抖了一下說：

「蓄意斷電。」

「真是心狠手辣。」

利昂表情凝重到像是發生了分屍殺人案。我當前無法和他們同仇敵愾，但仍順勢說：

「用什麼方法斷電？」

店長將托盤夾在腋下，站著揮下空手道的劈擊。

「WhiteSpace是獨棟的房屋，有人用鉗子剪斷電線桿牽到室內的電線。」

利昂接口：

「在營業時間？」

「是啊，很過分吧。」

我終於忍不住問了。

「停電真有這麼嚴重嗎？」

「很嚴重啊，在大家使用電腦作業時斷電，心血可能瞬間化為烏有。如果損失只有當天的資料倒還不打緊，怕就怕硬碟或檔案整個報銷。」

我想起之前存檔遇到電腦當機，整篇文章消失。雖然四張稿紙（天數為三天）的損失不大，卻造成不小的打擊。我說：

「知道是什麼人幹的嗎？」

店長聳肩。

「警察查案似乎沒進展。」

不意外。沒有東西失竊、沒人受傷或死亡，目白署頂多做做筆錄打發人，警察畢竟沒那麼多閒工夫。

「White什麼的店接到過恐嚇嗎？」

當我這麼問店長時，利昂別過臉。

「我認識WhiteSpace的店長，可他否認有人恐嚇。反正本店不曾和附近居民起衝突，不至於發生目白的事件。」

目白是高級住宅和學區，不像池袋組織複雜。我假借托腮一面和店長交談，一面不著痕跡地觀察利昂。他一副心神不寧，頻頻查看我背後的對外窗戶。店長最後說：

「說穿了，這事和本店無關。就斷電的手段推測，店家肯定是和腦袋有問題的會員發生糾紛了。游牧族都是獨自面對電腦工作，難免出現怪人。」

他把我們視為同夥，小聲笑說：

「神經病也是客人，總不能趕對方走。我先失陪了，二位請慢慢談。」

店長回櫃檯，或者該說回他放在櫃檯的電腦前上網。不知道為什麼，坐在電腦前的人都顯得窮極無聊。

我開始採訪利昂。

我想在著手專欄前，大致瞭解游牧勞動者的生活。雖然很多情報派不上用場，但少了這些情報便無從下筆。

「游牧族是自由工作者嗎？」

「可以這麼說，我們多半是個體戶。不過也有游牧族找人合作開公司。」

「你似乎在城市四處遷移著工作，可以告訴我是哪些地方嗎？」

利昂的視線從我背後的窗戶，回到我身上。他到底在擔心什麼事情？我最初認識的游牧族勞動者，流暢地說：

「咖啡廳或速食店。圖書館也不錯，座位有插座，可以使用兩小時。當然我也能選擇這類的共用工作空間。」

「我習慣在家工作，請問你為什麼不選擇待在家呢？」

這是我最想知道的事。外出工作的游牧族，不禁讓人想到恰恰相反的繭居族。

「我家只有三坪，除了床別無長物，實在狹小到我提不起勁工作。而且在家工作很難有好靈感。」

這我認同，雖然外出也很難找到好靈感。

「你一天是怎麼度過的呢？」

「你想知道忙碌、或清閒時的行程？」

自由工作者嘛，清閒時想必閒到不行。我大概可以想像。

「最好是異常忙碌的時候。」

利昂抬高帽緣，睜大眼睛、咧嘴笑說：

「工作滿檔時，我一早先在速食店，隨便解決早餐後，邊工作邊幫電腦充電。中午在公園吃便利商店的便當，下午在星巴克或圖書館做事。晚上在二十四小時營業的家庭餐廳繼續苦幹。清晨補個眠，隔天再重複同樣的行程，三、四天不回家。這樣的生活持續兩天還行，持續三天以上就要命了。」

「呼！」他不帶情緒地吐氣後笑了。有家歸不得的游牧族。我點開手機的錄音軟體。自從有了手機，我就不帶錄音筆。希望不會有天連人都不用了。

「這樣的工作型態似乎很辛苦呢，原來游牧族的境況如此嚴峻。」

利昂露出沒勁的表情。

「游牧族是新興的工作型態，所以媒體報導大多是假象。我們位於資訊科技業的底層，為求生存胼手胝足賺取微薄的血汗錢。優雅的游牧族其實只占一成，其餘的人處境和我不相上下。」

資訊科技的清道夫和水果店的店員，孰優孰劣實在不容易斷定，但兩者一樣工資低廉。

「你都做些什麼樣的工作？」

「我賴以為生的工作有兩類，網站更新和廣告結盟（AFFILIATE）。」

我不喜歡網路。雖然知道網路更新，但不知道廣告什麼的。我丟出蠢問題。

「這兩種工作都很辛苦嗎？」

利昂揮手，像要趕走惹人厭的蟲子。

「不辛苦。更新通常不必動腦也不用創意，廣告結盟則有竅門。等一下，把竅門說出來好嗎？這可是企業機密。」

我很討厭人賣關子，「不說拉倒」的話到了嘴裡又硬吞下去，為了好看的專欄，我非忍不可。

「誠先生，你覺得什麼樣的人最關注網路消息？」

生活充實的人才不上網。

「閒著沒事做的人吧。」

「不只，你少說一個重要的形容詞。」

他晃著食指嘖嘖作聲，活像冒牌魔術師。

「答案是閒著沒事做、又蠢的人。日本點閱率第一的網路話題，是娛樂圈的小道消息。廣告結盟的收益來源，是在部落格刊登廣告供人點閱。我將目標限縮在兩個族群，因為他們最愛上網。」

我想嘆氣。網路是人類創造來集思廣益的系統，結果卻充斥著娛樂圈的八卦。

「除了演藝人員的八卦外，你的部落格還靠什麼賺錢？。」

「在部落格發布煽動網路右翼的文章，如某某電視台奉承韓國、某某公司接受中國金援。網友常四處逛部落格找題材，肯定不會錯過。賺點閱率和大型網路購物公司收廣告費，可是門好生意。」

利昂自豪。近來賺錢的手法為什麼總是走偏門啊？

「網路右翼看到反日標題後，會採取什麼行動？」

聰明的廣告結盟主笑說：

「後續不關我的事，我不知道。網友很單純，八成是和電視台或公司抗議。」

我不確定是否能問收入，於是故作輕鬆的試探。

「你散播娛樂圈八卦和反日話題，一個月能賺多少廣告結盟金？」

這時利昂抱胸，正經地表示：

「唔——努力寫文散布消息，一個月也只有十萬。」

金額不小，但這樣的收入仍不足以維生。好家在。如果隨便散播謠言能月入數百萬，網路恐已亡矣。看來廣告結盟尚未病入膏肓。

「再加上你剛提到的網路更新，你一個月的收入差不多二十萬？」

「誠先生真敏銳，差不多就是這個數。」

年收和打工、約聘相去不遠。游牧族在社會一樣不好混。我目前收集的情報，已夠我寫一篇專欄，可以和他謝別，回家整理資料撰稿。

「可是我不想停留在年收兩、三百萬。我還有張王牌，能幫助我成為富裕的游牧族。」

利昂的圓眼綻放光芒。任誰都能從資訊科技谷底翻身的門路，勾起了我的興趣。

「噢，有樂透以外的好辦法啊。」

他摸索腳邊的背包，滿懷信心表示：

「是啊，只是不能現在告訴你。」

然後他撈出一本書遞給我。

「這本書送你，請你看過再訪問我。這本書的作者是我的偶像。」

我暗自希望不是奇怪的宗教，同時接過來看。薄薄一本商業書出自我沒聽過的出版社。封面的日本人留著長髮、穿黑色高領毛衣。模仿史提夫．賈伯斯的人在世上不知凡幾。書名是「我在十二小時賺三億圓的方法」。真可疑。作者是堂上常樹。這名字我也沒聽過。

利昂看手機的時間。

「我該開始今天的工作了，有事再聯絡。誠先生，請你在專欄幫我美言幾句。」

「謝謝你告訴我這麼多有趣的事，我一定努力撰稿。」

如果是令人神往的生活方式，我不贅述照樣引人。文章就是這麼一回事。他揹起背包，往裡面的工作空間走。這頭可以開會、採訪，另一頭可以進行電腦作業。共用工作空間似乎意想不到的方便呢。

我也想成為游牧族了，下次來加入會員吧。

夏季日暮時天色仍明亮。

我沿著被晚霞照得火紅的鐵路到目白。WhiteSpace在出了ＪＲ車站左轉的陡坡上。建築樣式是漆成白色的山中小屋，就算端出泡芙也不足為奇的氛圍，但這間店確實是共用工作空間。當班顧店的不是店長，是常客。

我遞上雜誌的名片，請他帶我看被剪斷的電線後，他大方帶我到屋後。電線桿延伸至室內的電線，如今捆著金屬線圈。

「位置不低呢。」

電線桿分出的電線約有三尺半高，剪斷得費一番工夫，如果沒有事前準備不可能辦到。

「這間店有過什麼糾紛嗎？」

「我沒聽說，而且這裡不是危險分子出入的地方。」

我準備道謝離開時，對方遞了張名片給我。照現在這樣採訪下去，我的名片很快就會發完。

晚間我開啟文稿檔，聽著亞歷山大．鮑羅定的交響詩「中亞細亞草原」。我家沒有這首曲子的ＣＤ，只有網路下載的版本。我也變圓滑了。

鮑羅定是俄國國民樂派五人組的其中一人，主業是醫生兼化學家。音樂是他閒暇時的嗜好，所以自稱星期天作曲家（真奇妙，星期天畫家、星期天小說家，星期天做任何事都給人優雅的感覺。雖然星期天顧店完全和優雅扯不上邊），不過你可別誤以為化學家寫的樂曲平淡無味。鮑羅定的音樂鮮麗迷人極為悅耳，值得一聽。

我將利昂的事整理成稿時，已是深夜。但要命的是，新聞報導氣溫在午夜十二點仍不低於三十度。

我將空調設定在二十七度，開始看利昂送我的書。

沒想到內容無聊透頂，像是寫來騙錢的貧瘠文章。

我一方面覺得吃驚，一方面感到沉重。如果有很多游牧勞動者嚮往這種賺錢方式，日本人工作倫理和職業道德也沒指望了。

我在此特別跳脫原本的話題，介紹一下詐欺師用什麼方法「十二小時賺三億圓」吧。

可惜這方法將顯出網路商業空洞的本質。

堂上販售的商品一般稱為情報商材。

老實說，我不知道這詞是什麼意思。他賣的商品「包准一年內結婚的戀愛必勝祕笈」也是莫名其妙。順帶一提，堂上本身年有三十，未婚。

他透過不同的戀愛教學書收集實用的辦法，編寫出屬於他的教學書。就我在書裡看到的內容判斷，他並不想談戀愛和結婚，但他的想法不成問題，重點是題材能賺錢。

然後他利用網路社交平台的推特和臉書、廣告結盟，及電子郵件地址生成器隨意發送郵件，鋪天蓋地地宣傳，預告三個月後有天限時十二小時，販售戀愛必勝祕笈。接著便在入夏前、五月的假日午時開賣情報商材。

半夜十二點為止的申購人數超過十萬。一份商品要價三千圓，所以獲利破三億。

這就是堂本出書歌頌的豐功偉業。

如果撇開金錢流動不談，這哪是人的工作？我真覺得不僅網路，人類商業行為的水平持續降低。欺騙程度不如自己的人不算什麼，只怪受騙上當的人蠢。無論工作內容多麼膚淺，皆以利字當頭。難道只有我覺得這手法，類似冒充親友的電話詐騙嗎？

我心情沉重地聽著鮑羅定，倒頭睡覺。

到了隔天早上，我仍悶悶不樂。

而且早上十點，氣溫瞬間達到三十三度的紀錄。在池袋西一番街顧店，我疲軟得像被貨車輾過的空罐。報壞消息的電話總來得不是時候。

「阿誠，你聽說了嗎？」

崇仔的聲音如夏威夷藍冰沙灌進耳裡。

「我什麼也沒聽說。這世界爛透了。」

池袋的國王嗤之以鼻。

「這世界一直很爛，哪輪得到你說。發生襲擊事件了。遇害的店家是The Stream，在西池袋做什麼的？」

我解救記憶力欠佳的國王。

「共用工作空間。」

「對了，就是這個。原來你知道。」

「多虧我出生城市的游牧族。」

沒有回應。崇仔一定將手機拿開耳邊，避免庶民的玩笑話玷汙他的耳朵。

「你安靜聽著，遇襲的The Stream除了玻璃被打破，丟入裝滿阿摩尼亞的塑膠袋外，犯人還在出入的門寫上『下次就是放火』。目前為止，沒問題吧？」

我記在腦子裡。我的腦袋比手機可靠多了。

「店長已經向警方報案了，但也找上G少年商量，因為當時有小鬼在場見到了犯人。」

奇怪，叫小鬼直接出面作證不就得了。

「目擊者不肯出面。他看到的男人身穿黑色坦克背心、右手臂刺滿《鋼之鍊金術士》的圖騰。」

我嘆氣。難怪他不肯報警。犯人為達目的無所不用其極，要封目擊者的口根本是小事。

「犯人是高梨弟嗎？」

「沒錯，雙子惡魔。」

高梨兄弟從國小就已經惡名昭彰，小朋友吵架打到對方多處骨折；後來升上練馬區的國中，他們一如既往以「大王」之姿，陸續征服鄰近的學校，然而兩人厲害的不只打架，也在於吞敗仗後，不分時間、地點或獵物，夜裡照樣侵門踏戶，徹底鬥垮對手取勝。

哥哥裕康負責思考和戰略，弟弟友康負責猛攻和施暴。過去曾有黑道挖角弟弟友康，但終究因為他過於危險而逐出幫派。他的危險程度，從他在少年感化院度過大半的青少年時期，就可略見一斑。暴力集團也無法飼養脫序的惡魔。

「你想怎麼對付高黎兄弟這種危險人物？」

如果對雙子惡魔動手，要有心理準備時時注意背後，晚上也不能安睡。崇仔的聲音如冷風吹過高原。

「我想是時候打掃我們的庭院了。」

「你要和高梨兄弟開戰？你沒瘋吧？」

國王一如往常的從容自若。

「由你想辦法將損害降到最低。共用工作空間的店長也說，你是幹練的專欄作家，所以設計圈套捉惡魔吧，讓他們再也不敢出現在池袋。」

我不喜歡暴力，但誘捕雙子惡魔的圈套值得一試。設置銳利的鐵製捕獸夾、緊扣他滿是刺青的右手，讓他無法掙脫。

「知道了，我一定讓他們落得屍骨無存。」

通話結束。我哼著鮑羅定交響詩的主旋律，繼續顧店。在設陷阱引誘雙子惡魔前，我得再次造訪共用工作空間探消息。這時，我不知道為什麼想到恥笑鄉民愚蠢的利昂。

這男人在The Stream時，為什麼透露出恐懼呢？

我衝出家門。

老媽在我身後破口大罵，發射多枚巡弋飛彈，但都傷不了我，因為我純真的心深埋在安全的地底。

夏季的晴空如礦石般碧藍，我快步抵達目的地的The Stream、池袋西口時髦的共用工作空間——查訪事發現場首重神速。建築一樓正面，寬四公尺、高二點五公尺的玻璃徹底碎裂，只有四個角落留著殘骸。和咖啡廳一樣的交流區仍拉著黃色的封鎖線，不過玻璃碎片已經清除乾淨。

噴漆留下的信息在玻璃自動門上。

「下次就是放火了！知道嗎？」

我預先用手機拍攝目前顯然停業的現場後，敲門大喊：

「有人在嗎？」

作業空間的分隔牆後，店長準備隨時報警似的，手機貼著耳朵、戰戰兢兢地探出頭來。

「什麼啊，真島先生，請不要嚇我。」

雖然我可以輕易通過碎裂的玻璃牆進到店裡，但還是等店長解開上鎖的自動門，再穿越禁止入內的封鎖線。畢竟橫跨破裂玻璃，不是文明人的做法。

店長帶我到大桌後，為我倒了杯濃縮咖啡。

「我嚇一跳，因為昨天才採訪過貴店。你知道有什麼人可能對你懷恨在心嗎？」

打擊能在短短一天改變人的面容。店長的臉如刀削般凹陷。

「你要在專欄寫這件事嗎？」

「不，你誤會了。我只是好奇。我昨天離開後去了WhiteSpace，他們被剪斷的電線捆著金屬線圈。如果只有那間店受害，或許可以視為惡劣的玩笑，但目白和池袋的共用工作空間，在短時間內連續遇襲，任誰都覺得事情不單純。」

時尚的店長愁眉不展，神經質地搓著下巴的鬍子。

「警察也問我，但我完全沒有頭緒。實在沒道理啊，我這間店的營收又不是特別好。」

小本經營，怪不得店長語帶哽咽。

「有人恐嚇你嗎？」

「沒有。如果對方在打破玻璃前警告我，我至少會買個保險。」

「所以信息是留給什麼人的……」

「我確定不是留給我。就算是，我也不知道意思。」

招怨的對象不是The Stream的店長、或WhiteSpace的店長。信息一般都是留給特定的對象，雖然文中沒有明白指出。

「有個方法可以揪出砸店的人。」

鬍子店長搖搖頭。

「不可以，我已拒絕警方的要求，也和WhiteSpace達成共識。」

「……這樣啊。」

對照兩店的顧客名單，找出共通的客人，或許能弄清楚砸店的原因，但店長的考量有理。刑警無預警登門拜訪接案工作的游牧族，就算受訪者與事件無關，也會受到不少驚嚇，更別說洩漏個資的是專為游牧族開設的共用工作空間，換作我也絕不會再光顧這間店。

「我明白了，失去顧客的信賴比店被砸可怕。」

店長長嘆口氣。

「我也很怕店被砸。這是我第一次遇上暴力事件，雖然不知道是什麼人幹的，但他用來砸店的水泥塊，據說是國道路旁停車場的踏腳石，重達十五公斤以上。真是哪門子的怪力。」

我想著惡魔弟，和他滿是刺青、肌肉隆起的右臂。現在不能揭露他的名字。

「我聯絡業者，可是製作這尺寸的玻璃和修理要花上十天，這段期間只能歇業了。」

「不過大家都幽默以對。照常開店如何？學真正的游牧族架帷幕代替玻璃。如果空調不涼，就放冰柱。展現不為騷擾低頭的毅力，客人就會追隨你，大家是靠本事接案生活的游牧族啊。」

店長的眼睛逐漸燃起光芒。看到他人拿出幹勁，我的心情也跟著舒暢起來，並順勢提出接下來的問題。

「對了，我想另外請教，我昨天採訪的利昂，是什麼樣的人？工作態度認真嗎？我知道他做的是網站更新和廣告結盟。」

饒舌的科技用語。不久的將來，社會可能會充斥著我無法想像和理解的工作，但這事完全與我無關，我的工作是賣水果。現在我只想知道利昂要靠什麼翻身。

「網站更新和廣告結盟是游牧族主要的工作，雖然誇口不受時間、地點限制，但現實是只有少數人工作自由。他們其實是不用動腦的數位自由業，勞動條件不佳，也沒有將來的保障。」

「可是利昂聲稱有王牌能躋身富裕的游牧族。」

「游牧族都是個體戶，所以常有人嚷嚷著要一舉翻身、或靠版稅過夢想的生活，可是實際成功的人少之又少。我不想說客人的壞話，但利昂也有負面的傳聞，細節我不清楚，似乎是和人有金錢糾紛。」

我腦中忽然靈光一閃，知道昨天在店裡，利昂為什麼頻頻注意我背後了。他怕看到高梨弟的臉出現在玻璃的另一頭，只有這能解釋他如驚弓之鳥的神情。雖然我沒有證據，全憑直覺，但我早在池袋街頭學到不要輕忽直覺，因為直覺曾多次救回我的命。

「再請教一件事，利昂昨天幾點離開店裡的？」

「這我知道。大家嫌計程車貴，都是趕搭最後一班電車。利昂也和大家一道離開。」

「他有什麼異狀嗎？」

「沒有，但他駝著背看來很累。」

個頭小的利昂縮著身子混在游牧族群裡，完全可以確定他有鬼。

「謝謝，希望貴店能順利重新開張，屆時再讓我採訪。」

「謝謝。」店長沒來由地伸出右手要與我握別。或許因為他經營共用工作空間，行事偏歐美風格吧。我和他握手後離去。偶爾來個歐美風格也不賴。

在前往池袋站西口的路上，我掏出手機。

手指自動自發撥號給我常聯絡的對象。炎炎夏日裡，很適合聽碎冰似的聲音。

「阿誠，什麼事？你想到好點子了嗎？」

崇仔託我設圈套捕捉雙子惡魔的高梨弟。為了池袋的安全總有人得扛下這個責任，可是對手殘暴到沒人敢通報警方。

「怎麼可能有好點子，我需要更多有關G少年的情況和雙子的情報，你直接在電話上告訴我吧。」

短暫沉默後，傳來池袋國王冷淡的聲音。

「我好一陣子沒看到你了。你在什麼地方？」

現在氣溫三十七度左右，人在遮陽處仍可能中暑昏倒。我看著西口圓環，整個人感覺像買來十分鐘後融化一半的霜淇淋。上班族、學生、家庭主婦，大家全盡力保有人型。

「WEST GATE。」

「我知道了，你在東武百貨等我，我馬上過去。」

身為區區一介平民，竟能讓國王變更行程，看來我挺有力量的嘛。我走進東武百貨公司，在電梯旁的長椅和退休的老年人並肩而坐。

等待崇仔的時間也不能丟著工作不管。我這人辦事喜歡一鼓作氣，不喜歡耽擱，所以利用空檔聯絡利昂，用最親切的語氣打招呼後，豎耳傾聽，想知道他的聲音裡是否藏著恐懼。

「喲，我是阿誠。謝謝你昨天接受訪問。」

他或許剛睡醒，聲音聽來有些精神不濟，但沒有害怕的蛛絲馬跡。

「你好，我才該謝謝你。我準備在雜誌出刊後，買個二十本發給大家。」

利昂耍嘴皮子的功力未變。我拋話探口風：

「對了，你知道 The Stream 被砸了嗎？」

驚訝的抽氣聲。手機傳出沙暴似的雜訊。

「The Stream……出了什麼事？」

我刻意放慢速度說：

「有人拿十五公斤的水泥塊砸店面玻璃，又在自動門噴紅漆留信息。」

利昂數度吸氣，調勻呼吸後，他忽然變得怯聲怯氣。

「信息的內容是？」

「『下次就是放火了！知道嗎？』留言的人似乎頭殼壞掉了。」

「……沒錯，看來是頭殼壞了。」

利昂沒精打采地回說。

「抱歉、抱歉。我來電的用意是想再採訪你，特別是關於自我成長書的作者，他叫什麼名字？」

利昂隨身攜帶高價的書當名片發送，肯定對這個與詐欺師無異的作者推崇備至。我不在乎用什麼藉口，只要能和他再見一次面。

「堂上常樹，我們游牧族都稱他為常樹先生。這麼說，誠先生也喜歡那本書囉。其實我和常樹先生的交情不錯，他是游牧族的導師兼兄長。」

想不到他一下子就上鉤了。販售空洞情報商材的導師嗎。我不理會良心，誇大其辭。

「這本書真了不起。我想再問清楚有關堂上先生的事。」

「沒問題，這段採訪你也會寫進雜誌嗎？」

除非當作負面教材。

「如果適合我一定報導，只是截稿時間已經很緊迫，我們今天能見面嗎？地點隨你指定。」

利昂稍微遲疑了一下。

「嗯——好吧，我撥空和你談常樹先生。我現在在路上，等會兒再傳簡訊給你。」

我應好之後，結束通話，看看手錶，剛才那通電話只用了幾分鐘。所以我把握時間致電WhiteSpace。

「你好，我是專欄作家，目前在撰寫樋口玲音的報導。請問他是貴店的常客嗎？我想確認他給的資訊是否屬實。」

「是，他是本店開幕以來的客人。」

賓士的休旅車停在百貨正門。我和電話另一頭的人道謝後，踏出涼爽的大樓，坐進後座。

「看來你已經有腹案了。」

休旅車出發時，崇仔這麼說。國王的直覺靈敏僅次於我。

「雙子惡魔連續攻擊共用工作空間，傳遞激進的信息，似乎不是給店家，而是在店裡出入的人。換句話說是在店裡工作的……」

崇仔突然打斷我。

「游牧族。」

「你看了商業書嗎？」

國王嗤笑。

「我平時會翻幾本商業雜誌，因為G少年就像互助會，必須活用聚集的資金。現在我們私募的基金全買進不做外匯當沖的投資信託，S&P500指數基金。」

我知道G少年經營多間餐飲店，倒不曾在崇仔口裡聽到活用或基金。我問了個蠢問題。

「績效好嗎？」

國王厭煩地回說：

「還不錯，但我重視穩健，收益並不突出，股市專家又常在專欄放假消息。說實在要不是數字逐漸增加，這工作很無趣，風險高而且不受矚目。不聊這個了，雙子惡魔比較重要。」

當我說出兩間店共同的會員——利昂——的事時，休旅車以緩慢的速度駛向驚天橋⑫。「無敵家」拉麵店在大熱天裡依舊大排長龍。

「我還不知道利昂和高梨兄弟的關連，但他真的很害怕。有辦法讓人嚇破膽的，就我所知只有雙子惡魔和你。」

國王蹙眉，不是很高興。吃驚的G少年司機透過後照鏡看我。這傢伙似乎沒學好歷史，弄臣向來是賭命博君歡顏。

「不要拿我和高梨相提並論。」

崇仔淡漠地笑了，車內緊張的氣氛因此解除。

「我等會兒要和利昂見面詳談，所以在這之前，想確認你打算怎麼處置高梨兄弟。我們沒有證據證明他們襲擊店面，就算將兩人扭送警局，也很快會被放出來。捉到他們後，你打算做到什麼程度？」

首都高速公路的橋墩和藍色塑膠布屋往崇仔的側臉後方流過。街友的數量似乎和景氣好壞無關。

「既然不能除掉他們，就只能在惡魔的心裡植入恐懼了。聽說他們因為到處和幫派、組織結怨，天天換地點睡覺，所以你只要負責釣出惡魔、交給G少年教育。」

崇仔的話讓車內溫度急降。他是我信賴的兒時玩伴，但也是我認識最冷酷的男人，否則無法統領龐大的組織。

「我知道你不打算要了他們的命，但你可不要嚴厲體罰他們。」

休旅車朝鬼子母神堂方向前進。這附近是恬靜的住宅區，也有很多寺廟和神社，是我自小散步的路線。崇仔發出薄冰碎裂般的聲音。我知道他在笑。

「你真善良，阿誠。」

我覺得他是拐著彎罵我笨。他見我不吭聲，便問：

「你看過他們的影片吧。」

⑫驚天橋：正式名稱為都道池袋天橋。驚天橋名稱的由來眾說紛紜，其中也有電車通過的轟隆聲嚇得人驚馬慌之說。

「嗯，看過。」

高梨兄弟上傳地下影音網站的影片，在東京的小鬼圈裡無人不知、無人不曉。

「高梨兄弟在六本木綁架敵對幫派的兩名幹部，先狠狠把他們打到面目全非，再逼他們脫下牛仔褲和內褲。但兩人脫下褲子之前似乎已吃了好幾記的金屬球棒。」

我閉上眼，不看兒時玩樂的小巷。崇仔的聲音融入寧靜的引擎聲。我知道影片後續的情節。這起不算刑案的事件，發生在深夜的灣岸停車場。

「接著高梨兄裕康拿出瞬間接著劑，大量擠在兩人被迫伸出的右手，像在法國吐司淋上糖漿。弟弟友康命令他們握住對方的老二。兩名幫派分子以細如刀割的眼睛，流淚看著對方。」

崇仔吹三次口哨。短促的破風聲。

「之後兩人又挨了幾棒，終於死心用沾滿瞬間接著劑的手，握住對方的老二。」

當天高梨兄弟的廂型車在拂曉時重返市區，放兩人在六本木十字路口下車後，隨即將手機錄下的整段影片上傳地下網站。受害的兩人雖然有多處骨折，但未發展成刑事案。我不敢想像他們用什麼方法鬆開對方的性器。世上就是有人異常殘忍。而且這樣的殘忍和愛一樣，不會從這世上消失。

「面對傷天害理的惡魔，你卻提出不合理的要求，要我在不傷害惡魔的情況下徹底教育他們。好吧，我會想辦法。小事一樁。」

弟弟友康愛用的武器，據說是拆箱用的大型美工刀，因為可以在警方詰問時辯稱他沒有犯意，只是碰巧帶刀在身上。而他喜歡動刀的人體部位，分別是額頭、手掌和腳底，特別是挑人腳筋，讓人一輩子無法正常走路是他的最愛。我之後要設圈套捉的，就是這麼一對兄弟。

雙子惡魔，不是美式漫畫風格的別名而已。

賓士送我到西一番街。我才踏進店裡就挨了一頓罵。

「你竟敢一早摸魚到現在。」

老媽的聲音對我來說比惡魔還可怕。我搔著頭說：

「因為COWORKING SPACE（共用工作空間）相繼出事……」

她想也不想地回說：

「那種鬼地方出事很正常，日本人就該用日語當店名。」

確實有理。我提到共用工作空間時，總覺得難為情。英語到底不是正規的稱呼，難道不能直接用日語稱共用辦公室嗎？

「不跟你廢話了，你來顧店，兩小時推理劇場要開始了。」

光看演員名單就知道凶手是什麼人的連續劇。中高年婦女為什麼像吸了毒一樣離不開呢？我實在不喜歡推理和殺人。

老媽上樓後，我用筆電搜尋堂上常樹，想在和利昂見面前稍微瞭解這個人。在沒有客人時，水果店內側的收銀台比圖書館還容易專心唸書，推薦考生試試。

一開始的頁面是常樹在海邊的木平台啃漢堡。他像擅長播報美食的胖藝人，戴著厚實的黑色膠框眼鏡、穿短袖格紋西裝打領結。

部落格上傳的淨是美食照和活動報告。不過所謂的活動報告，主要是廣告他一年發行七、八本的單薄商業書。我再往下拉，即發現金光閃閃的框體字。

「比特幣。」

這種據說能讓人人功成利達的電子貨幣，其實類似商品券，可以在特約商店、電影院或知名遊樂園設施使用。常樹在網頁中提到，幾天後將於東京藝術劇場的中型展演廳舉辦比特幣成功講座。商品券要怎麼讓所有人家財萬貫，我實在摸不著頭腦。

我們的世界有太多想不通的事。

繪聲繪影流傳情報的網路世界更是如此。我囫圇吞棗地記下「比特幣」三字。

我坐著長椅，鋁合金的電車經過眼前，車身的塗線為黃綠色。利昂指定碰面的地點是ＪＲ山手線反時鐘行進方向的月台。現在已是晚間十點，但電車裡、月台上仍人滿為患，看來他很怕到沒人的地方。

一肩揹著鼓脹托特包的利昂走出電車。他的鬍子留長了，頭髮也很亂，大概有一陣子沒回家了。汗味在他落坐之際撲鼻而來。我不怪他，畢竟天氣很熱。

「抱歉，你這麼很忙，還讓你抽空跑一趟。」

游牧族身上一百零一件的衣服，比較像剛流離失所的街友。他左顧右盼，同時無力地笑說：

「與其說是忙，不如說是沒一刻安寧。傷腦筋呢。」

「這表示你為了翻身而努力工作。我看了堂上先生的網站，他真的很了不起。」

有口無心是我的拿手好戲。當我提到堂上的名字時，利昂死氣沉沉的眼裡瞬間重新燃起光芒。他是你崇拜的男友嗎！

「是啊，他真的很了不起。你知道比特幣吧，我現在是比特幣的白金會員。」

「真有一套。」

電車發車的旋律悠然迴盪在殘留日間暑氣的月台。我喜歡古典樂，但妙的是我不討厭電車的電子鈴音。這時，像與電車鈴聲相呼應似的，我的手機響了。崇仔來電。

「抱歉，我接個電話。」

我致歉後轉身。

「我現在在談很重要的事，麻煩長話短說。」

對國王惡聲惡氣真爽。

「之前說的游牧族嗎，我知道了。聽著，出現第三間受害的店家了，是早稻田的NERV。」

我驚呼，但我早有戒備，聲音應該不大。

「NERV？受害了？」

這些共用工作空間的老闆似乎都喜歡動畫[13]。我著迷的程度不像他們這麼深，但會看所有熱門作品，屬於初階的宅男。國王的聲音如冷風吹送。

「和預告一樣，是縱火。起火點是店家後巷的可回收垃圾，火勢不大，但看在連續有店家受害，警方也開始認真查案了。之後有任何新消息再聯絡你。」

電話斷了。動作迅速、不浪費時間的國王。

「我們談到哪裡？」

當我轉身問利昂時，他忽然站起身。

「連NERV都……簡直沒完沒了，那傢伙真的瘋了。」

他緊握著雙拳在顫抖。我坐著抬頭看他眼中泛淚。

然後我輕聲說：

「朋友剛通知我，今晚早稻田的共用工作空間NERV遭人縱火，因為街頭犯罪也是絕佳的專欄題材；你知道什麼內情嗎？」

我起身直視他的眼睛。趕著回家的上班族路過，當我們是透明人。我很擔心自己的眼神像詰問的刑警一般冷酷。

「聽著，我開門見山地問了，你知道就點個頭。」

他縮下巴，忍著不讓眼淚潰堤。我像魔鬼低聲說出：

「高梨兄弟，又稱雙子惡魔。」

利昂雙手抱頭。賓果！

「什麼嘛，誠先生根本知道啊！拜託你救救我！」

他渾身發抖，因為之前他一直是獨自面對可怕的雙子惡魔。我扶著他的肩膀，要他坐下。

我在月台的自動販賣機買了兩瓶罐裝咖啡，一瓶分他、一瓶我喝。請想像在晚間近三十度、悶熱的山手線月台，喝下又苦又甜的咖啡，再乘以二十倍，就是現在我嘴裡的滋味。

終於看到解決這回事件的端倪了，兩瓶咖啡只是小錢。利昂嗚咽表示：

「全怪我太急躁，沒弄清楚高梨裕康和友康是什麼樣的人，就邀他們投資比特幣。比特幣投資分七種階級：鋼、銅、銀、金、白金、鑽石。可以個人投資，也可以和下線募集資金增加資本、提升等級，領取更高的紅利獎金。」

「啊……」

我不禁失聲，這是典型的老鼠會。說來可笑，但老鼠會不斷改頭換面，在缺錢的自由工作者和非常態工作者間盛行。這年頭想鹹魚翻身、一獲千金，只能靠樂透或老鼠會。

繼空洞的戀愛教學書後，是輕鬆入帳的老鼠會。堂上常樹真是貪得無厭。

---

⑬ 動畫：NERV是新世紀福音戰士的特務機關。The Stream是洛克人系列名稱。WhiteSpace是動畫製作公司。

「他們付了多少錢？」

「一人三百萬，升上白金會員。」

就高梨兄弟而言，十分之一的金額就足以構成殺人動機了。

「我保證他們每月會各收到十萬，但匯款只持續了三個月。」

我大致瞭解情況了，於是我說：

「你惹錯人了。他們要脅你還錢、付慰問金後，知道你付不出來，便不由分說、攻擊你工作的地點。」

利昂拍了膝蓋好幾次，大叫：

「他們太不講理了！要求和常樹先生見面、加倍償還他們投資的本金、讓他們升級為金字塔頂端的會員。WhiteSpace、The Stream、NERV是我和他們談事情的地方。全是我害的，我對不起這三間店。」

顫抖和熱度透過我放在他肩上的手傳來，我忽然想到：

「你今天有地方過夜嗎？」

「沒有，我最近一直流浪在各漫畫咖啡廳。真的成了游牧族呢。」

我起身告訴他：

「你一定很累，到我家吧，就在附近而已。我家不是華廈，但至少能伸直腿休息。」

「喔哦——」他在山手線的月台放聲怪叫後，落下了男兒淚。

我兩坪多的臥室鋪了兩組寢具，照明來自單盞小燈泡。飽羅定的音樂低聲漂流在黑暗裡。中亞細亞的草原到底比東京適合游牧族。我清醒地望著天花板，總覺得忘記了什麼事。

「我剛在月台似乎想到很重要的事。」

我的大腦似乎中暑了，記不住重要的事。

「腿伸直真快活。我們沒提到什麼大不了的事啊。」

「高梨兄弟向你提出了哪些要求？」

利昂的聲音明顯透露嫌惡。

「我難得能舒服地睡一覺，才不想聊他們呢。」

這點不快充當住宿費算便宜了，更別說招惹雙子惡魔的是他本人。

「不要這麼說嘛，你回想一下，他們提出哪些要求。」

「加倍償還投資的本金、讓他們見常樹先生，和升格為頂級會員。」

我立刻撐起上半身。

「就是這個，帶他們見堂上常樹吧。」

「不行啦。」

「行啦，你只要負責約他們出來。」

我的說詞和崇仔的相去無幾。

「不要鬧了，你知道他們有多危險嗎？」

我知道惡魔有多危險。他們上傳的凌虐影片不只一部。

「知道，你放心，這裡不是他們的地盤。你別忘了，這裡可是池袋。」

我說，現在終於能安睡了。

在接下來三天，我與崇仔和G少年的幹部仔細研議了四次，而且其中兩次利昂也在場。我要他電話聯絡高梨兄，表示答應他們的條件，要安排貴賓席，帶他們見常樹先生，請他們到藝術劇場參加活動。高梨兄弟拿不到錢、無法掌握利昂的行蹤陷入僵局，肯定馬上上鉤。因為人人畏懼，他們怎麼也想不到會遭人設計。

可憐的惡魔。

比特幣投資會主辦的活動，將於一小時後開放入場。我和利昂在通往中型展演廳的電梯前靜候。他和堂上常樹一樣穿著西裝短褲，我是牛仔褲和扣領襯衫。

利昂透過關係拿到四張通行證，可是會場的警備和時薪人員都很散漫。說穿了，老鼠會的集會頂多就這程度。我照例以時尚雜誌採訪記者的身分當令牌。

在盛夏的暑熱中，高梨兄弟互不交談地搭電梯出現了。哥哥裕康穿黑西裝、黑襯衫，弟弟友康穿無袖黑色皮上衣、黑牛仔褲。大片藏藍的鋼鍊和閃電刺青覆蓋在右臂，使另一手的袖子看來像是被拆下一般。他可能很愛不對稱，連劉海也斜一邊。不知道大型美工刀是否在他的牛仔褲口袋裡？

裕康看到利昂後，說：

「你終於收到我們的信息了。這傢伙是什麼人？」

利昂怕到聲音在顫抖。

「阿誠是我的助理，也是黃金會員。」

接著換弟弟說話了。我在他的聲音裡感受不到半點知性。

「我不想認識小咖，快讓我們見堂上，不是要談賺錢的機會！」

這男人真像流著唾沫殘喘的大型病犬。我遞給惡魔兄弟兩張通行證。

「這邊請。」

會場入口的警衛只看我們一眼——四張通行證，沒問題——就放行。我們穿越會場側邊的通道，繞到後台。我按下載貨用的電梯鈕。

「堂上先生在樓下貴賓專用的休息室，請。」

刮痕累累的門關上後，大型電梯開始緩緩下沉。

「聽好，樋口。為我們引見堂上、和我們交給你的錢是兩回事，你分別欠我們兄弟六百萬，不要忘了。」

惡魔兄說的話簡直狗屁不通，但在他的腦袋裡一切都很合情合理。有人能理解他的想法嗎？惡魔弟接口。

「是啊，我到處找你，還無謂騷擾了三間店，這六百萬算是慰問金和工錢。」

襲擊三處共用工作空間的工資嗎，真是獅子大開口。儘管囂張吧，捕捉瘋子兄弟的圈套即將收網。電梯開啟後是劇場後側的搬運口。大劇場或許有公演，停著數輛十噸貨車。友康第一次見到劇場後側，新奇地東張西望。

「這邊請。」

我拉開黑幕，帶他們至一旁替代的搬運口。這條進出口停著一輛中型物流車。有冷氣在腳邊流動，是冷藏車。這時，我背後有股熱意。裕康大叫：

「友康，情況不對！」

遲了一步。有人推我一把，俐落地押我們四人上貨車車廂。而後，G少年突擊隊的八名精銳，三對一地繼續押著高梨兄弟。車廂門關閉了。惡魔僅掙扎了數十秒，手腳即被束帶綑綁，倒臥在金屬地板上。

但同一時刻，利昂和我也倒在地板，上束帶做做樣子。貨車緩緩起步。八名精銳戴著黑色露眼頭套，只有崇仔光明正大地露面。

「安藤！」

高梨弟吼著。

「敢對我們兄弟出手，不要以為你們能全身而退。你們的家人、朋友、同伴全得陪葬。」

崇仔蹲在高梨兄弟面前，腳上一雙純白的運動鞋是新品，我之所以知道是因為剛瞄到他的鞋底一塵不染。我和他是老交情了，但國王的神情呈現絕對零度，不見遲疑或情緒，連我也感到不寒而慄。

「聽好，高梨，我只說一次。」

「聽你放屁！」

粗暴的弟弟反抗，一名G少年重踩他的小腿。

「閉嘴，安靜聽我說話。」

惡魔一齊點頭。崇仔的聲音比冰凍的冷藏車地板還冰冷。

「你們在我們的地盤鬧事，就得依G少年的規定接受懲罰。我不許你們再到我們的地盤，也不要妄想報復。如果你們之中有人敢動我們的成員，天涯海角都沒有你們的藏身之地。」

崇仔從口袋掏出黃管的瞬間接著劑後，用管身前端輕戳高梨兄的額頭。

「敢報復，我就剁你們兄弟的手或腳，而且叫你們自己選。」

國王居高臨下看著惡魔兄弟，無情的聲音彷彿來自冰凍地獄。崇仔不曾在我面前露出這樣的眼神。

「我這人言而有信，在場的八名成員都能作證，如果你們敢報復我們的成員，我就剁你們手腳。來一次剁一次。」

寒氣逼人。利昂抖得比受雙子惡魔威脅時更厲害。

「你們自豪比人狡詐、凶殘，但你們只有兩個人，G少年的組織有數百人。如果你們想自討苦吃，儘管放馬過來，到時我一定要你們死無葬身之地。」

崇仔拿掉瞬間接著劑的上蓋。高梨兄弟開始發抖。

「手伸出來。」

智慧犯的哥哥尖叫。

「不要，我保證不動G少年。」

「你們襲擊三間店理應受罰。伸出手。」

戴著頭套的G少年分工壓制高梨兄弟的左右手，兩人的手背平貼在地板。崇仔大量擠上瞬間接著劑，冷靜得像在處理討厭的暑假作業。

「該挑哪裡呢？」

國王笑著提問後，高梨弟懇求：

「拜託不要下體。」

「好吧。你們兩手摀耳、閉上眼睛。」

我倒在地板上目睹惡魔兄弟摀住雙耳，再也鬆不開。崇仔將剩餘的接著劑擠在他們閉合的眼皮。國王稍微提高音量。

「我們會在山裡放你們下車，你們自己想辦法回市區，但不許你們再靠近G少年的地盤，知道嗎？」

高梨兄黏合的眼睛不斷掉淚、弟弟不安分地掙扎，但馬上有人用穿著靴子的腳踹他側腹。

然後，國王親自解開我手腕的束帶。

物流車停在首都高速公路東池袋出口前，讓我和崇仔、利昂下車，留下八名G少年和高梨兄弟後，貨車順著長坡上去了。

我目送銀色物流車離去。

在崇仔朝待命的賓士休旅車走去時，我問：

「你真的要把人丟山上？」

崇仔龍心大悅地笑說：

「不，把看不到、聽不到的人丟在山上會出事的。我已交代他們將惡魔兄弟丟在高爾夫球場，不會要他們的命，這樣你滿意了吧。」

利昂仍發著抖，不敢看崇仔。

「只靠言語威脅，能制止雙子惡魔回來池袋嗎？」

崇仔轉頭，語氣有些許降溫。

「你確定我只是威脅他們？我是認真的，如果他們敢動我們的成員，我保證二話不說剁了他們的手。我向來說話算話，尤其是對你和G少年的承諾，我一定照辦。」

我心情複雜地笑了。儘管對象是雙子惡魔，我仍不想看到這小子剁人的手。

「幸好你沒叫他們握下體。」

崇仔打開賓士車門。

「我沒興趣用這麼低級的手段。阿誠，你幹得很好，我欠你一份人情。」

「不要一一細數沒意義的人情啦。」

貼著黑色隔熱紙的側車窗無聲地降下。崇仔伸出右手輕揮。

「下次再找時間好好喝一杯。」

國王難能可貴的主動邀約。

如崇仔所說的，高梨兄弟至今不曾回到池袋。他們似乎已徹底領略到G少年和國王的可怕。

當天，利昂和我在池袋站分手後，便放棄比特幣，致力於網站更新和廣告結盟，可聽說他仍未放棄一舉翻身的夢想，改在網購平台亞馬遜賣二手相機和鏡頭。都會型態的轉賣生意。

堂上常樹因違反投資法，在入秋後遭到逮捕。我知道他遲早被拆穿西洋鏡，老鼠會也會因此解散，但除了我，有人覺得老鼠會和泡沫經濟相似嗎？人的慾望如無底洞，比起未來有天落得悲劇收場，更著重眼前的利益。

在逐漸天高雲淡的季節，我上門光顧The Stream。有趣的是我沒交入會費，店長卻直接升格我為榮譽會員。這六小時半，我只是尋常寫著專欄，但因為我今天追著題材，在東京池袋的草原東奔西跑，不禁覺得老媽討厭的共用工作空間其實挺不賴。

說真的，我才是如假包換的游牧寫手啊。

池袋ウエスト
ゲート
パーク

恨意的遊行

自古就有不該說出口的言語吧？

小朋友吵架都知道要懸崖勒馬，即使當面罵「你媽凸肚臍！」也不直接叫人「去死！」我成長的地方不是有錢人住的高級社區，但當地居民皆具備基本的人品——嘴巴雖壞，卻不會用言語殺人、無論對方是什麼身分，都予以尊重（頂多有時當肥羊宰）。這是人類聚落生活的大原則，尤其窮人家住得近，要顧情面。畢竟言語可以是救命仙丹，可以是奪命利刃。

在我看來，通貨緊縮引發不景氣、造成物價下跌後，言語的價值隨之發生通貨膨脹，變得浮誇，所以當牛丼一客不到三百圓時，池袋亦散發著肅殺之氣，大聲放送著「去死！」「宰了他們！」言詞愈空洞如糞土，言語攻擊愈猛烈，但網路匿名高興愛怎麼寫、就怎麼寫的言詞，不能帶入真實世界用在血肉之軀上。何況來自韓文的網路用語「萬歲」、「哼哼哼」、「祕密行銷」，發音已不入流，明智的成年人實在不該仿效。

這回的仇恨言論，是人盡皆知、卻視若無睹的事件。今年冬天，特別是池袋西口、北口的中國城，出現浩浩蕩蕩的反中遊行。不瞞你說，我戶籍上的妹妹是中國人（美女！），家裡的氣氛因此彆扭極了。

我們作為經濟成長的先驅，大可從容以對。除了少數和共產政府有關的富豪外，中國人的人均收入仍比不上牙買加。在岩石占大半的小島起衝突、或GDP不如人，也不至於有損我們純樸的心靈吧。

二十一世紀是亞洲的紀元。

東亞睽違數百年重返世界經濟中樞是事實，我們只需耐心等候瓜熟蒂落。雖然得忍受惱人的鄰近國家，但快樂生活在先進的日本，絕對勝過遊行高呼「去死！去死！」

因為日本是自由民主的國家，可以盡情批判政治家啊。

颱風接連侵襲的秋季結束了。

第三十號颱風，在我的記憶裡不曾有過。強颱過境的隔天，我因為冷到受不了，而將空調切換成暖氣。大海和天空似乎已完全喪失調節溫度的機能。

今年夏季暑熱難當，原以為年底會是暖冬，不料竟來個隆冬。星期六下午，我穿著衣齡三年的平價品牌極輕羽絨外套，在店裡排放夕紅柿。四個一堆，售價是偏高的七百圓。當季的柿子紅得發亮，像內裝LED燈。

這時，遠處傳來經擴音器增幅、憤恨的聲音。

「中國人──滾出──池袋──」

粗野的輪唱接續。

「滾出去──」

女性聲音裡的恨意，和配音員誓言復仇時一樣淺顯易懂。

「支那人──乾脆──去死──」

「去死──」

老媽遙望西一番街另一頭，被高樓遮擋看不到的西口公園。

「搞什麼啊，外人跑來我們這裡大吵大鬧，根本是妨礙生計。」

我完全贊同老媽的意見。被這些人一鬧後，絕不會有客人想買水果。

「雖然池袋的形象本來就差，這下更是毀了。」

老媽手中的雞毛撢子，像武士刀揮舞著。

「阿誠，這叫仇恨言論吧，警察不管嗎？」

我現學現賣剛在網路看到的知識。

「仇恨言論在日本不違法，可以盡情喊死、喊殺。」

「是喔，真沒道理。」

我看手錶，快到約定的時間了。

「崇仔這次的委託與這群人有關。」

她瞥了我一眼，視線和國王一樣冰冷。

「你要攆走遊行的人嗎？」

她笑到嘴角要裂到耳朵了。話先說在前頭，我家老媽不喜歡池袋中國城，但她似乎打從心底厭惡喊死喊殺的示威遊行。

「不是，他託我保護他們。」

「什麼！保護他們不受什麼人傷害啊？」

說來話長，所以我打消解釋的念頭，脫下圍裙——手創館購入的高級單寧圍裙——揉成一團，往店裡面丟。

「保護他們不受任何人的傷害。我晚上回來，麻煩妳顧店了。」

我不等她回應，腳底抹油衝出水果店，「死小孩」、「敗家子」、「飯桶」老媽的仇恨言論隨即鞭撻著我的背。

唉，都市的聖人難為啊。

遊行隊伍零散地排在西口公園的噴水池前，約莫有一百五十人。他們沒有統一的服裝，所以有人舉標語牌、有人披飾帶，像外出郊遊般有說有笑，很難想像這些人之後要前進中國城，尖叫著要居民去死。這類示威遊行通常帶著網路右翼的濃厚色彩，但實際隊伍裡有年輕女性、學生、退休的中老年人，也混雜著少數傳統武鬥派風格的人士。

他們的團名「中排會」，很像劣酒名。

而他們的正式名稱是「徹底將中國人排出祖國日本市民會」。在隊伍前頭手持小型擴音器、年有四十的女性是他們的代表，城之內文香。戴眼鏡的她穿著駝色套裝，外罩灰色羽絨大衣。一身俐落的裝扮雖然看似美魔女，實際卻叫人不敢恭維，剛剛就是她在大喊「乾脆——去死——」以女性來說，她的聲音相當低沉渾厚。

「阿誠，你來晚了。」

這邊是池袋國王令人難忘的聲音，像冰棒尖端刺進耳朵裡。我轉頭移開停留在中排會遊行隊伍的視線，說：

「我家老媽叫我攆走遊行的人。」

國王穿的卡其色雙排釦外套是今年流行的手工粗針織材質，又像大牌演員圍條變形蟲圖案的領巾。幫派的貴公子咧嘴笑說：

「我喜歡，你媽的提議比較適合G少年。」

國王崇仔後方三十出頭的年輕男性苦著臉，像剛一口喝下酸酒。這位穿黑西裝、打黑領帶的仁兄，是這次的委託人。

「你是真島誠先生吧，幸會。」

他伸出右手。我堆起笑容，與他握手寒暄。

「你是仇民會的代表吧，請問大名？」

「仇民會」是簡稱自「不容許仇恨言論和種族歧視市民會」。我也將「阿誠」再簡略為「誠」好了。「誠」做出推論、「誠」成功揪出犯人、「誠」和絕世美女墜入情網。輸入名字變得很省力。

「久野俊樹。聽說誠先生不只熟悉池袋黑白兩道的勢力分布，在中國城的人面也廣。」

我的視線飛快落在崇仔身上。國王泰然處之。他一定在代表面前藉機吹噓、拉抬G少年的酬勞。

「好說。」

「你是這份工作的最佳人選。」

我不知道我是什麼工作的最佳人選。中排會的遊行隊伍附近，可見三、兩名戴著耳機的便衣刑警，和包圍隊伍、幫忙控管的制服巡警。看樣子隊伍差不多要啟程了。

城之內文香代表以擴音器高呼：

「我們要出發消滅中國城的中國人了！」

「上啊——！」

隊伍鬆散地離開西口公園，前往ＪＲ西口。

「這邊請。」

我和崇仔在久野代表的催促下，走向遊行隊伍的尾端。

如果剛才的中排會是良莠淆雜，仇民會則主打菁英風。他們的遊行人數約為中排會的三分之一，但多為穿深色西裝、打領帶的年輕人。這邊一樣有數名便衣刑警和制服警察隨行。

標語牌上寫著「反對種族歧視」、「亞洲一家親」。久野代表說：

「我們也出發吧，路上再和你說明情況。」

在離開西口公園，穿越西口圓環的馬路後，隊伍將循著五叉路，繞遍中國城的大街小巷。仇民會的路線和中排會完全相同，只是在對側的人行道。

這時，城之內代表發現中文看板（中國人為主客群的網咖看板），以擴音器呼叫警察。

「可恥的支那人違反道路交通法，在路上擺放看板，請警官立刻糾正。」

中排會的年輕男性踹開裝設燈泡的看板後，住商混合大樓出現中年婦人，撤走人行道的看板。

「支那人討厭日本，卻厚著臉皮賺日本錢，真卑鄙，乾脆去死——」

豐腴的婦人穿著紅底紫蝴蝶結花色的針織衫，害怕地看著城之內。中排會砲火連連。

「乾脆——去死——」

踹開看板的男學生像看到獵物，瞪大眼睛逼近婦人臉部數十公分處，額頭青筋暴露、口沫橫飛地叫囂。

「支那的老太婆，宰了妳喔！」

制服警察慢條斯理地介入。

「好了、好了，適可而止吧。」

年輕男性槓上警察。

「你身為日本警察卻制止日本人嗎？你是支那的走狗嗎？你不愛日本嗎？」

真是無可救藥。我仰望池袋冬季沁涼、清澈的天空，懸雲像玻璃熔液恣意流動。

恨一個人。

與這人的個性無關，可以因為出身的國家、種族、宗教或政治色彩無端生恨。失落的二十年已將日本人逼入絕境。好險在不景氣的日本，這群人是極少數派。如果排中遊行發生在日本各城市，「亞洲的紀元」恐怕不會降臨日本。七十年前人人都知道，憎恨和敵意造成的後果。

然而，七十年長到能為所有傷痕和不幸裹上糖衣。

名為愛國心的糖衣。真懷念之前問題單純的時候，我應付的對象是街頭幫派、跟蹤狂、違法藥物，但現在我必須小心翼翼在支離破碎的愛裡挑出憎恨。愛之深，殺念之切啊。

中國城的商店幾乎無一倖免，全遭受中排會謾罵。中國體系的網咖是「禁止網路犯罪」、中華餐館是「不准賣有毒的偽裝食品」、中國電影和連續劇的影音出租店是「撤除違反著作權的複製影片」。這區住商混合大樓的看板，大多是中文，連帶拖慢遊行的速度，使得欲置人於死地的恨不絕於耳。

我在對側人行道，看到中排會的做法後，心都涼了。

「很過火吧。」

仇民會的久野代表厭煩地表示。

「嗯，像被迫長時間看著醉鬼的嘔吐物。你要委託我們什麼工作？」

我看崇仔。他不受憎恨的言語影響，沉著觀察四周。

「他嗎？」

崇仔問久野代表。護衛恨民會的制服警察身後隔了一段距離，跟著個戴口罩、穿黑色MA1飛行外套的男性。

「應該不是。」

我一頭霧水。

「你們在說什麼？」

久野代表看手錶。遊行開始近一小時，代表憎恨的言語在池袋街頭也已持續了將近一小時，荼毒人的程度是PM 2.5所遠不及的，因為能腐蝕人心。

「快到休息時間了，我們到時候再說。」

中排會的擴音器換拿在十來歲的男高中生手上。少年看來是用功的好學生，以國立第一學府為升學志願。他高呼，音調起起伏伏像唱歌似的。

「我們要——一個也不留地驅除——蟑螂和——支那人——不然——支那人會——攻占——地球——」

少年無邪地笑著揮手，行經的路人紛紛別過頭。

「賜死——支那人——」

隨後是輕快的附和。

「賜死——支那人——」

這時，中排會的吶喊間，開始摻雜恨民會遊行隊伍一來一往的呼聲。

「和中國人攜手共存。」

「共存——」

領頭的女學生穿著面試用的黑套裝，以擴音器高呼。恨民會五十人左右的遊行隊伍，比著和平手勢、向對側人行道的中排會揮舞標語牌。

「去死——」

「共存——」

「去死——」

「共存——」

沒完沒了的生死輪唱。池袋是我成長的城市，今年之前不曾發生這種事。管他們要死要活，我只想獨處，再聽下去我就要瘋了。集體提倡相同的主義、主張，實在不合我的個性。

因為我是骯髒城市裡討厭人類的和平主義者。

「前面的十字路口是休息點。」

在西一番街底的這個十字路口沒有交通號誌，鋪磚的街角連著飲料店街。輝煌的霓虹燈襯托出繁忙的星期六夜晚。這條街也多半是中國體系的商店。

地上七層的老舊大樓屹立在街角，一樓寬敞到能容納五間店，但過半的商店已拉上鐵門停業。很正常，因為我出生前就有這棟樓了。中排會圍成一圈停在十字路口，圓陣中間是拿著擴音器的城之內代表。

「我們這裡休息片刻，但各位看也知道，這區有很多支那小偷和娼妓，請你們多加注意。」

中排會的中年男子和經過的女性搭話。

「妳是娼妓嗎？賺錢記得要繳稅給日本。」

小姐繃著臉快步離去，我怎麼看她都是一般的日本職員。在十字路對側的遊行隊伍停下來休息後，久野代表說：

「請跟我來。」

我和久野代表並肩坐在超商前的護欄。恨民會的成員買了罐裝咖啡請我們。開啟易開罐的聲音很寂寥，沒有什麼比伴隨仇恨言論的星期六下午還空虛了。

「誠先生應該已瞭解中排會的作風了。」

我不甚情願地承認。

「他們口無遮攔，但絕不動手。只是他們如此痛恨中國人，是有什麼私人因素嗎？」

久野代表仰首喝了口微糖咖啡。

「我不知道。文字記者和社會學家已著手調查採訪，因為他們是很有價值的研究對象，可以瞭解人鄙視外族的進程。」

他說話的態度不慍不火，像評論家。

「久野先生是做哪一行？」

「我是一年一聘的大學講師，屬於知識型的自由工作者，沒有錢且前途堪慮。」

「原來久野先生是非常態工作者，非常態性工作也挺多元的。」

恨民會的代表不悅地說：

「是啊，這十年日本的工作型態嚴重崩解，大家都不好過，所以示威遊行大為盛行。」

代表的視線落在中排會的成員。他們舉著標語牌或旗竿而立——冬季午後，無風休止不動的太陽旗。擴音器傳出男性的聲音。

「喂，前面的麵店，你身為日本人卻住在支那街，和支那人做生意，不覺得丟臉嗎！」

「不覺得丟臉嗎——」

成員邊叫邊拍手。現在手持擴音器的人，難得換成理著運動員平頭、體格壯碩，外觀十足右翼的男性。至於中排會的代表、城之內文香則站在十字路口邊，和制服警察說話。清瘦的她身邊有個男人，魁梧的體魄和G少年的雙塔1號、2號不分軒輊。照她這樣大肆發表偏激、煽情的言論，確實需要隨扈保護。

灰西裝的平頭男高呼：

「你的麵店也賣名不符實的食物嗎？叉燒該不是狗肉做的吧？」

中排會的人哄堂大笑。中國城的居民全別過臉、目不忍睹。恨民會的成員高喊：

「日本人何必為難日本人！」

擴音器立刻傳出回應。

「吵死了！和支那人一起生活的傢伙，才不是日本人，趕快收店滾出中國城。」

簡直無理取鬧。我心頭湧上的情緒不是憤怒，而是難過，難過我們居住的城市，而且是悠閒的星期六下午，出現謾罵叫囂。中排會的遊行隊伍有很多人甚至不是這裡的居民，為什麼他們要在外人的土地，引發不必要的騷動呢？

「停，不要大聲吵鬧，大家都被你們嚇到了。」

有個駝背的老人拄柺杖、跛著右腳，平靜地出聲制止。他的毛領夾克外是看來用了十五年之久的圍巾。久野代表交代一旁恨民會的年輕男性：

「立刻攝影記錄下來。」

老人似乎很習慣調停。他或許和我一樣是池袋土生土長，自小看過無數衝突場面。

「中國城的居民大致相處融洽，你們這些外來客不要胡鬧了。」

很合情合理的意見。擴音器男箭步逼近老人。

「臭老頭，你是支那人嗎？」

男人拿著音量開到最大的擴音器，在老人面前大叫。

「我不是……」

「那就不要多嘴，老頭。我們是抨擊敗壞這條街的支那人，他們做生意不老實，把日本人當肥羊宰。您老還是回去玩槌球吧。」

擴音器的右翼男彎腰，由下朝上怒瞪低頭的老人。

「我們不容日本人袒護支那人，你不要以為我們會看在你是老人家的分上禮讓你。」

恨民會的成員以手機拍攝老人和擴音器男。我們在數尺外的護欄看著。

「你要怎麼使用這段影片？」

「立刻上傳影音網站，附上標題『中排會在池袋西一番街恐嚇老人！』吧。這場鬥爭也較量雙方的形象和支持者的數量。」

「你們不過去幫那個老人嗎？」

久野代表疲憊地說：

「中排會很瞭解警方和法律，罵再狠也不會動手，最多讓人心浮氣躁罷了。」

戴著眼鏡、有些福相的巡警，隔開老人和擴音器男。

「到此為止吧，對方是老人家啊。」

擴音器仍是最大音量。回答的聲音變異，刺耳的金屬音像把刀子，劃破中國城商店街的小巷。平頭男揮著手高呼：

「你們警察是保護日本人？支那人？我們絕不輕縱袒護敵人的傢伙，管他是女性或年長者都一樣。喂，警察，快逮捕這條街所有的支那人，強制遣返！」

休息的中排會成員大聲附和。

「強制——遣返——」

很難相信他和我同樣說著日語。照這情況，亞洲的紀元將永遠黯淡無光。

「那個拿著擴音器、像右翼人士的男人，叫什麼名字？」

「塚本孝造，他是中排會的第二號人物。」

第二號人物嘴角冒著白唾沫，痛罵偏袒支那人的日本人和警察。

我厭倦地仰望午後的天空，西邊已開始染上些許橘紅。地面的騷動、無聊的仇恨言論在飛鳥的眼裡，或許和人類其他愚行大同小異。

我想著這些年西一番街的亂象。池袋一直不是循規蹈矩的城市，凶暴的事件、駭人的風波也從沒少過，而且其中一成有我參與，因此我再清楚不過，可是之前惹事的總是非法組織、或合法掩飾非法的幫派。尋常的老女老幼，笑著遊街高喊「去死！」「宰了他們！」是我無法想像的異常狀態。

我們已經陷入絕境了嗎？憎恨的言語可能麻痺人的情感，令人當場凍結。

今年冬天似乎異常寒冷。

護欄的金屬管不斷導熱，我的屁股逐漸冷到失去感覺，於是我喝掉溫涼的罐裝咖啡，對身旁的大學講師說：

「既然中排會不會動粗，G少年便無用武之地，頂多大家星期六戴耳塞忍一忍。」

久野代表露出哀傷的神情。

「嗯，中排會是不會動粗。」

如果不是中排會，答案就只剩一個了。

「你是恨民會代表，只要清楚交代下去就沒問題。你們的成員很和氣，不像中排會的成員需要擔心。」

恨民會男人的打扮都是西裝、白襯衫加領帶，女人雖然有褲子、裙子之分，但也都是深色套裝。沒人穿現在仍存在池袋辣妹身上的極短迷你裙。

這時，有人拍我肩膀，我差點跳起來。

「總算。」

崇仔的聲音像冰柱刺進耳裡。

「他們來了。」

車站方向有十五、六個壯碩的男人，全圍紅方巾、穿潮牌Carhartt的防寒夾克，和寬鬆的單寧木匠工作褲。他們有半數戴著厚實的針織帽，而且之中有三個金髮外國人。這一行人的出現，使中排會的遊行隊伍流竄起緊張的氣氛。

領頭的男人直朝我們而來。國王崇仔立刻從護欄後方移動到久野代表身前。看來我們的敵人不是中排會，而是這群像美國中西部工廠工人的集團。

戴著灰色針織帽的男人個頭不高，但眼睛黑白分明、眼神銳利，覆蓋整片下巴的鬍子修剪得整齊。

「久野先生，別來無恙。」

男人連笑也不笑地打招呼，無視崇仔。

「嗯，你也好，堀口。」

堀口斜眼看中排會。

「你們溫和的態度助長了他們的氣焰。這群人只有一張嘴，無法獨自成大事。」

「但你不能用暴力對付示威遊行隊伍。我們的目標一致，都希望停止仇恨言論，只有採取和平的手段，才能獲得社會大眾的支持。」

堀口看著我和崇仔。

「恨民會的保鑣嗎？他們是什麼人？」

久野代表說：

「這位是池袋的有力人士、真島誠先生，而這位是G少年的國王……」

堀口低聲說：

「安藤崇嗎。我們有成員是前G少年，駐日韓國人和中國遺孤的第二代。」

真令人大受打擊，他只知道崇仔的名字，不知道被介紹為有力人士的我。我自認和國王是池袋的兩大巨頭啊。崇仔維持冷若冰霜的表情。

「是嗎，麻煩你多照顧他們，不要讓他們蹲苦窯了。」

堀口面露不悅。

「蹲苦窯又怎樣？有些事違法也得做。人是有尊嚴的，當尊嚴受損時，明知會落得鋃鐺入獄，仍挺身捍衛尊嚴，才不枉為人。」

堀口的話我舉一手贊成，我也看不慣中排會的做法，但久野不認同。

「我明白你的心情，但不能使用暴力。如果有人被逮捕，恨民會就成了眾矢之的，正中中排會的下懷，他們可以擺出為正義犧牲的面孔，替仇恨言論火上添油。」

堀口咧嘴。

「你真相信他們有骨氣，在失去主腦後還繼續遊行？種族主義者其實只是一群懦弱的大叔和少爺。」

崇仔似乎和堀口有同感。

「不如隨他們摧毀中排會？反正對恨民會無傷。」

久野代表沉著臉。

「不可以。這位堀口龍是恨民會東京支部的代表。如果真發生問題，恨民會也無法撇清。中排會一直主張恨民會背地裡和紅頸（Red Necks）串通。」

原來如此。我終於弄清楚這次委託的實情了。恨民會是反仇恨言論的和平主義團體，從中分支出的武鬥派即為堀口的紅頸——美國南部因農務曬得頸部通紅的貧窮農民。

我和崇仔帶領的G少年要保護「徹底將中國人排出祖國日本市民會」。看著遊行隊伍高舉標語牌和太陽旗再出發，我由衷感到厭惡。他們隨著擴音器男高呼：

「支那人——是敵人——」

「支那人——滾出去——」

「殺光——支那人——」

要做這些人的護衛啊。我寧可拋下工作，去吃今年冬天流行的鬆餅。我還沒接過如此令人提不起勁的工作。

「請等一下。」

街角的住商大樓出現穿白廚師服的五十歲男人，一雙手不停在腰間的毛巾抹著。中排會的第二號人物、塚本透過擴音器大聲疾呼。

「華陽飯店的山下，你不覺得可恥嗎——」

幾個成員唱和。

「不覺得可恥嗎——」

我認得麵店老闆。我曾光顧他的店兩、三次，他的麵很普通，稱不上好吃或難吃。他搔著毛髮稀疏的頭頂，說：

「拜託你們安靜。我和你們一樣是日本人啊。我的店在這區變成中國城之前，已經在這裡做生意了。」

平頭的塚本扯著嗓子。

「少說屁話！被年輕的中國女人迷昏頭，你哪是日本人——日本人就該開日本料理店，開什麼中華料理店啊——」

一派歪理。數名中排會的成員包圍大叔，當著他的面臭罵「色老頭」、「女間諜的爪牙」、「你說釣魚台屬於哪一國啊」，叫人聽了很不舒服，但我冷靜地看著西一番街的十字路口。

星期六傍晚，無交通號誌的鬧街不斷流失人潮。往車站的人避開中排會，像河水遇岩石後分流。雖然有很多便衣刑警和制服警察在場監督遊行，但如刀刺耳的恨意言論，屬於非暴力的活動。言語的暴力在這國家無法可管。

「痛、好痛、痛死人了——你做什麼？」

不是擴音器傳出的叫聲，誇張地響徹中國城的小巷。麵店的大叔躺在鋪磚的骯髒路面，假裝挨打求助警方。畢竟抗議活動再持續下去，熱鬧的週末夜就要結束了。

在我們身邊的堀口，別有深意地咧嘴笑看恨民會的久野代表，同時命令穿木匠工作褲的壯漢。

「出現受害者了，大家上。」

比圍著華陽飯店大叔的中排會成員多一倍的人數衝上前。

「大叔，你沒受傷吧？」

當紅頸的男人大聲詢問時，大叔抱著頭蹲在原地。

「我被中排會的人打了，他們打我！」

包圍中排會的紅頸人數又多了一倍，像危險的狐步舞，形成內外雙圈，開始此起彼落地爭論是對方先動手打人。在仍不清楚是哪邊先動手時，紅頸和中排會已吵成一團。制服警察吹哨闖入圓圈、便衣刑警以數位相機拍攝雙方男人的影像。我看他不是池袋署的刑警，可能是公安。西一番街頓時鬧翻天。旁觀的人起鬨：

「開打啦、開打啦——不要吵了，直接打下去！」

遠方的警車鳴音和咆哮交織。這裡和我家水果店僅隔數百公尺，池袋什麼時候變得如此烏煙瘴氣了？我只差沒兩眼發黑。

崇仔一面注意騷動，一面說：

「你和麵店大叔事先串通好了嗎？紅頸挺有一套嘛。」

寒冰似無情的聲音。堀口也不懼怕池袋的國王。

「這可難說了。我們和中排會或恨民會不同，如果善良市民受到暴力對待，我們不會默不作聲，而是挺身而出、拳來腳去，因為我們不是聰明人。」

我和崇仔支持武鬥派反歧視主義者的堀口，多過恨民會的久野代表。總而言之一句話，教養造就人。

「G少年站在哪一邊？」

崇仔坦然說：

「付錢的大爺那邊。我對你們的正義不感興趣。」

難怪他能在交織的怒罵聲裡保持平靜。對國王來說，吐著仇恨言論的遊行，只是外人在池袋掀起茶杯裡的風暴⑭。風總是不請自來，又不請自去。無論正義何在，留下的仍是城市和當地生活的人。

「你叫真島誠吧。我聽說你不為金錢所動，是池袋的麻煩終結者。你也和國王持同樣的意見嗎？」

真榮幸，可我回話時的口氣竟帶刺，或許是因為腦袋長時間浸漬在憎恨的言語中。

「我只希望你們雙方盡速離開池袋。我現在雖然和G少年一起行動，但我不偏向任何一方，也不被錢左右。」

堀口直視我的雙眼後，聳肩、不疾不徐地轉身，面對像是在尖峰時刻起口角的人群。中排會大叫：

「支那的爪牙，身為日本人要知恥！」

紅頸不甘示弱。

「種族歧視！你們先去死！」

---

⑭ A storm in a teacup：和茶壺裡的風暴一樣，代表議題侷限在小範圍，且很快就消失，影響不大。

武鬥派的紅頭看似占優勢，但這時機動隊前來支援。混戰瞬間平息，結果無人被捕，只有麵店大叔仍嚷嚷著中排會在一開始時打他。看熱鬧的人唾棄大吼。

「無聊死了，你們卯起來認真打啦！」

我贊成。他們最好因傷害和妨礙公務被帶回池袋署。只要半數人遭逮，我出生的城市便能恢復寧靜。

之後，中排會的仇恨言論遊行又持續了九十分。在池袋西口公園出發的兩小時半後，這群人來到ＪＲ池袋站北口昏暗的廣場，「支那人滾回去！」「支那人去死！」來回五次，是他們解散時的口號。

我和崇仔在不遠的柏青哥店前，看著他們激昂的表情。中排會代表的城之內文香用沙啞的聲音呼喊：

「為消滅中國城，我們下週繼續舉辦遊行。愛國的日本人，請務必參加。今天辛苦大家了。」

城之內旁高兩尺、城牆般的男人保持著警戒，而第二號人物的塚本不知道什麼時候消失了。我告訴崇仔：

「我要回店裡了，你接下來要做什麼？」

在柏青哥店比白晝還明亮的照明洪水裡，崇仔抱胸、露齒笑說：

「接下來才是重頭戲，Ｇ少年得暗中護送他們。」

我煩躁地看著中排會成員在北口廣場反覆擊掌，高呼「去死！」「宰了他們！」八成想給萬惡的中國人一記迎頭痛擊。

「據久野說，紅頸的計畫是在遊行結束、眾人鳥獸散時出擊。利用中排會的成員不擅應付暴力，逼他們自動退會。」

我覺得這主意不賴，起碼減少幾個下週遊行的人。

「保護一群臭小鬼啊，你真是接了個狗屁倒灶的工作。話說回來，我要做什麼？」

崇仔失望地看著我。

「我哪知道，隨你要收集中排會或紅頸的情報，只要能讓他們閉嘴就好。更好是讓他們不出現在池袋。」

激進保守主義者和激進自由主義者，他們也像池袋的小鬼有弱點嗎？雖然茫無頭緒，但我保證：

「為了讓他們盡快消失，我會全力打聽。」

不久之後是聖誕節。如果每逢星期六就有中排會的遊行，酒也會變得難喝。因為不能忍受他們言語留下的臭味，我捏著鼻子回家。

日本相信言語有靈，有言靈一說，所以我相信咒罵人的言語，帶著現在仍揮之不去的惡臭，和PM2.5一樣汙染環境。

我回來顧店後，立刻按下CD音響播放純淨的音樂。

由安德拉斯・席夫演奏的巴哈和貝多芬。最近電容式錄音的音質，使敲擊琴弦的聲音如敲擊水晶棒般清脆。洗滌心靈莫過於此，但音樂一樣脫離不了政治。現代不至於單純到音樂純屬音樂。

席夫出身於匈牙利，他的祖國現在轉向極右。英國皇家愛樂協會在二〇一三年頒獎給席夫時，一名匈牙利記者公開發言（不是上個世紀，是現代）：

「羅馬人多數豬狗不如，應除之而後快。」

匈牙利是歐盟的成員國，在歐債金融危機後，經濟便一落千丈。而國家蕭條時，隨之而起的便是種族主義。在匈牙利是羅馬和猶太人遭殃，據說猶太人的席夫經常動輒得咎。

現在試著在剛才記者直接過頭的發言裡，將「羅馬」代換為「支那」，就是中排會代表高呼的口號。編派不是的邏輯也是徹底排他。人心很脆弱，習慣在生活貧苦時，找個怪罪的目標，這在匈牙利、日本或中國都一樣。

當我發呆聽著巴哈的「鋼琴組曲」時，老媽說：

「真好聽。我完全不瞭解鋼琴，但這演奏者肯定是名家。」

西一番街恢復平常的星期六了。明令禁止的攬客也出籠。新手的酒店小姐光腿穿迷你裙發傳單。學生或年輕上班族和同伴如膠似漆地，從便宜的居酒屋轉戰便宜的ＫＴＶ。霓虹燈在冬夜裡綻放紅綠藍的三原色光，好似剃刀鋒利。

席夫縱然遭遇不平等的對待，仍用精彩的演奏回饋世界。人總在我覺得劣性難移時，展現高風亮節的一面，而且不只人，名為池袋的城市也是。

我準備開口和老媽解釋巴哈的鋼琴作品時，突然有人偷襲我的背。我想到若無其事、幸福地笑著叫人「去死！」的中排會成員，連忙擺脫對手。

「好痛！誠哥，你做什麼啦？」

郭順貴一屁股跌坐在盛裝有田橘子山的籃子上。小郭是我戶籍上的妹妹，也是酒店「新天地」的紅牌。現在仔細想想，剛我背上頂著兩團軟綿綿的物體，是她的胸部。我實在該好好享受，不該甩開她呀。

「抱歉、抱歉。傍晚的遊行害我殺氣騰騰。」

我伸手拉她。

「我這是新洋裝，橘子汁很難清耶。」

她真的發火了，感覺研修生時的純樸已不復見，和日本的年輕女性一樣精明幹練。她轉身看屁股，白色針織洋裝完全貼著她的身體線條。在西一番街，她這身打扮想不引人矚目都難。

「小郭，妳沒受傷吧？」

老媽遞出毛巾。路人和對面便利商店的工讀生全兩眼發直地看著小郭。我牽起她的手，想帶她到水果店內。

「妳擺出這種姿勢，小心人家用視線讓妳懷孕。」

「不要啦，誠哥，我今天帶了朋友，還沒介紹給你認識。」

我根本沒發現，有個女人站在店前街燈照不到的地方。她不像小郭穿著名牌，但也是針織洋裝。中國人喜愛的大紅色，配上金色的寬腰帶。如果要用一個詞來形容她，就是大奶媽。相形之下，身材姣好的小郭簡直是洗衣板。她胸前的偉大堅挺如自衛隊最新型１０式戰車（順帶一提，１０的讀音是天洞）的砲身，而且是雙筒砲。

雖然她長得抱歉了點，像豐潤的女相撲家，但以她的身材，想必不乏追求者。小郭拿著毛巾邊拍屁股邊說：

「這位是山下明花小姐。」

這名字我最近才聽到，在中排會遊行至西一番街的十字路口時……明花禮貌地鞠躬後，我失控大叫：

「麵店大叔的……」

小郭嘟著完美的唇，拍我肩膀說：

「誠哥，你很失禮耶。明花是華陽飯店老闆的太太。她有事找你商量。」

我不動聲色打量明花全身。真希望我和電腦一樣，能瞬間記憶。她想商量離婚的事情吧，我看她和麵店大叔最少相差二十歲。老媽說：

「好了，你們，外面很冷趕快進來。我剛好在煮豬肉味噌湯。」

老媽的豬肉味噌湯是小郭的最愛，以蒜頭提味，加入大量洋蔥，搭配和東京市郊的人情味一樣偏濃的味噌熬煮。

「萬歲！我愛死媽媽了！」

小郭雀躍地抱住老媽後，老媽看著我感慨。

「女孩子大了果然一樣可愛，反觀——」

她不再說下去，和小郭一起消失在店裡。我小時候誤入歧途不是沒理由，都是（言語）家暴害的。

豬肉味噌湯是寒冬夜裡最強的菜色。小郭和我生怕吃輸對方似的一碗接一碗，而明花嘴上說好吃，卻吃到一半就停筷。我看她凝重的神色，問題恐怕不好解決。

我們在二樓的飯廳。說是飯廳，其實只是在三坪的廚房放張桌子而已。老媽做完晚餐，用十五秒扒光淋上豬肉味噌湯的白米飯後，馬上趕著下樓顧店。住家和職場相連，不知道算便利或是不便。臨去前，老媽對我說：

「明花要商量的事情肯定有關中排會那群瘋子。阿誠，你要認真聽喔。」

我嚼著保留脆度的牛蒡回說：

「我知道了，妳趕快去顧店。今天是星期六，小心錯失大客戶。」

年終獎金發放後的星期六夜晚，酒醉的客人出手闊氣。一下子賣掉五顆單價五千圓的麝香哈密瓜，也是曾有的事。

「誠哥，不許你和媽媽說話沒大沒小。」

小郭橫眉豎目地警告我。可愛的妹妹只在卡通裡，現實的妹妹只會壓榨你。無論哪種類型，女人皆是強者。

「是、是。」

我回話時，明花開懷大笑。表情很美，我喜歡女生不造作的笑容，長相美不美倒是其次。在確認老媽下樓後，我問：

「明花小姐的困擾與中排會有關嗎？」

明花聳肩，小玉西瓜大的胸部跟著晃盪。小郭說：

「誠哥，你流口水囉。」

雖然擔心我真流口水了，但我不理會來自中國的妹妹，緊盯著明花。不是看她的胸部，是眼睛。眼睛會洩漏人的真心，所以我的壞習慣是看著他人的眼睛不放。崇仔和猴子常挖苦我像刑警。

「我想這事和你口中的中排會無關。」

明花的日語和小郭一樣流利。

「發生什麼事？」

明花點頭看小郭後，對我說：

「請你保密，最近有人多次在麵店前丟棄動物的屍體。」

在餐飲店前棄置屍體！很惡劣的騷擾行為。

「哪種動物？」

「貓狗，我想是流浪動物。」

小郭滑手機。

「誠哥，你看。真的很過分呢！」

時間看來是深夜，寒酸的白光燈泡照著橫躺在華陽飯店後門的灰狗屍體，毛皮粗糙無光。拍攝上傳網路的人，在照片的說明文寫著「這間店的湯頭，是用狗的頭蓋骨細火慢熬」。

「這也是。」

小郭讓我看的另一張照片是在麵店正門。玻璃門的把手垂著繩子，尾端吊了隻瘦弱的虎斑貓。「華陽飯店招牌菜、貓肉餃子，一份四百二十圓」。

「這半年來一直有人弄亂廚餘，撒在店前、或在店門口丟狗糞騷擾我們，但這次做的太過火了。」

確實已超出惡作劇的範圍，嚴重妨礙餐飲店的生計。

「大叔有惹上什麼麻煩嗎？」

明花歪著頭時，胸部也偏向一邊。

「誠哥！」

小郭出聲警告。再來是領紅牌出場了。我的視線範圍只能停留在明花臉上。

「我問我那口子，似乎沒有。」

「明花小姐本身呢？」

「我不可能惹麻煩。」

她一口咬定。為什麼中國人連說日語都特別鏗鏘有力呢？

「這樣啊。妳知道中國城的其他店家有相同的困擾嗎？」

我不能摒棄中排會這條線索，因為當場逮到他們，就能以妨礙營業的罪名請警察出面，利用法律輕鬆解決這回事件。

「唔，沒聽說。」

明花抱胸，捧著兩粒西瓜。我拚老命地維持平視。在十數秒令人窒息的沉默後，小郭說：

「我想到明花他們的大樓，幾個月前曾發生小火警。」

明花的臉一亮。

「對、對，雖然沒有釀成大火，但失火的咖啡廳停業了，老闆還到我們家賠不是。」

「妳知道老闆叫什麼名字嗎？」

「嗯，我那口子一定知道，而且我家有咖啡廳的紙火柴。聽說這間咖啡廳從大樓落成時就開始營業。」

我不認為紙火柴上有咖啡廳老闆的名字，但無妨。

「如果妳想到什麼線索，可以打給我。」

我和明花交換電話號碼和電郵地址。在妹妹的眼皮子底下，和大奶媽人妻交換聯絡方式，真是刺激無比。最後我問：

「請問，妳和山下先生差幾歲？」

「我們相差十七歲。我那口子五十三，我三十六。」

「妳看上他哪一點？」

小郭再舉黃牌，退場處分了。

「夠囉，誠哥！」

我不收錢，問一下無關委託的私事，有什麼大不了。

「怎麼說呢，我喜歡他的溫柔和工作勤奮。」

明花的臉瞬間染上紅暈。

「再來是日本人常說的契合度，我們肉體方面很合。誠先生，你真死相——怎麼讓我說這種事情啦！」

小郭擺臭臉。她在酒店工作，照理已聽慣性事。我不曾去妹妹工作的店，不知道她怎麼應付黃色話題。我試著想像她和買醉、開黃腔的客人陪笑臉，實在不是滋味。我冷靜地對明花說：

「謝謝，我獲益良多。」

然後我莫名挨了小郭的白眼。

明花離開後，我和老媽交班顧店。巴哈的鋼琴作品流洩在夜晚的鬧區。我依然沒摸清這回事件，索性看著川流不息的人車和燈光，不去想。而且，我不討厭這樣的時光，因為星期六的池袋空中，飄散著週末的歡樂。

稍後，小郭從水果店旁的樓梯，到店裡我旁邊的蘋果箱坐下。當她兩手接住我丟出的富士蘋果時，我問：

「妳最近好嗎？」

小郭在戶籍上是老媽的女兒、我的妹妹，但水果店二樓空間小，只有老媽和我的房間，所以就算她住在這條街，我們也常是一星期見一次面，有時兩星期都見不到面。

「嗯，我很好，我在中國的家人也很好。」

她的父母和弟弟、妹妹在河南省。聽說她父親的腎臟移植手術很成功，她也為此背負數百萬的債務，在酒店工作。

「真難過呢。」

她突然說。我沒答腔，因為不知道她是指哪件事。

「我不是說我難過，是說現在的氛圍令人難過。」

「怎麼說？」

「傍晚我在不遠處看著遊行時，對街有個女高中生看到我，與我四目相對，然後她突然大喊『支那人去死！』」

我一時語塞。

「對不起。」

「又不是誠哥的錯。我知道日本很多親切的好人，不會叫人去死，但我還是難過。或許是因為不曾有人當面叫我去死。」

她的頭倚著我的肩。我的肩膀發燙。

「雖然我已經取得日本國籍，但我仍然是中國人，無法改變。我只能在這條街討生活，卻被要求去死或滾出去，真的很痛苦。」

她哭了。我摟著妹妹的肩，溫柔擁抱她。不可思議的是我不恨中排會，只覺得難過。他們也在貧富差距甚劇的日本遭遇嚴重的挫折。口吐惡言的人、置之不理的人皆是你我。我們在社會底層，不斷被剝削，實在令人絕望。

我可以想見事件的後續發展。即使在我、崇仔和恨民會的努力下，解決中排會的問題，之後仍會出現更激進、更憤世嫉俗的團體。

憎恨的火焰如聖火傳遞給下一棒。這現實在世上處處可見，不限於日本。

幾天後，我和羽澤組系冰高組的幹部猴子見面。

可是他在我眼裡只是小時常被欺負的玩伴。我們腿上鋪著格紋毛毯，坐在綠色大道巷內新開的露天咖啡座。當猴子切著淋了大量楓糖的鬆餅時，我說：

「多沾點鮮奶油比較好吃。你和道上兄弟不方便來這種時髦的咖啡廳吧。」

店家端上話題的紐約風早餐——班尼克蛋和剛出爐的司康餅。猴子不理我，大口吃著鬆餅。

「這很好吃呢。」

我喝咖啡後表示。

「雖然不知道哪裡紐約了，但我下次帶女人時，可以來這兒。」

我吃驚地問。

「你有女人？」

「有幾個。大家都有幾個呼之即來的女人吧？」

我就沒有這麼便利的女人。我掩飾著內心的衝擊，回頭談正事。

「你最近曾聽到什麼跟中國城有關的風聲嗎？」

猴子穿著黑色皮革軍裝大衣。一般覺得不適合小個子，可他穿來意外的有模有樣，不像我馬齒徒長。

「沒聽說，之前傳的再開發案你也知道。」

我記得曾在報紙的地方版面，看到中國體系的店家和地主合作，規劃池袋站西口到北口的大規模都更。

「聽說是中國出資。」

「嗯，聽說是這樣。」

我點紅茶，添加滿滿的牛奶和兩顆方糖。我的口味和性格一樣甜蜜。

「道上有中排會的傳聞嗎？」

「那個仇恨言論的團體嗎？黑道背地裡搞右翼團體，不是新鮮事，所以道上頗有好評，但也有兄弟認為他們只出張嘴信不得，如果真要幹，就該見血。」

中排會在道上的評價兩極。猴子用鬆餅沾楓糖，又是一口下肚。不知不覺間，三片厚實的鬆餅已所剩無幾。

「對了，我曾聽說池袋的京極會第三、四線分支的人在中排會；咦，叫什麼名字來著？」

聽來不是什麼正派人士，我順道拜託猴子。

「可以麻煩你調查是哪個組織的哪個人嗎？」

「我知道了。話說回來，你這次接了什麼委託？」

大樓間颳起寒冬的風，在露天咖啡座呼嘯而過。熱戀的情侶相依偎，一副天冷影響不了他們的模樣。

我打著哆嗦說：

「反激進中排會的人，委託我保護中排會。總之要避免在池袋發生暴力衝突。」

猴子露齒笑說：

「聽來真蠢。不如直接打垮這三方，反中排會、中排會和中國城的中國人。」

道上兄弟的建議果然犀利。和猴子分手前，我邀他與我和崇仔一起吃尾牙或春酒。露天咖啡座真不適合兩個大男人。我背後莫名的寒涼，直至下一個目的地。

我直接走到都電荒川線的東池袋四丁目站，搭上只有一節車廂的古樸電車，前往大塚。大塚是熟女茶室的匯集地，在好此道的人之間頗負盛名。我的目標是同樣熟齡的男人。

我用手機搜索明花告訴我的地址，走入錯綜複雜的巷弄。這區在太平洋戰爭空襲時倖免於難，保留早期的樣貌，巷道狹窄而蜿蜒。在轉角拐彎後，我聽到三味線的琴音。不愧是以前料亭、藝妓屋、茶室開業的風雅處，氣氛清幽。

我抵達美麗的日式房，不大的入口處覆著屋瓦，唯一扣分的是現代的對講機。我按門鈴，說：

「不好意思，我是稍早來電的真島，想請教第三昭榮大樓的事。」

「嗯，請進。」

粗聲粗氣的回應。我開門踩著踏腳石，繞進玄關，撥開玻璃格子的拉門後，迎接我的老人拿泛黑光的木刀抵住我的喉嚨。

「請等一下，我不是可疑人物。」

然後我隱約聽到大提琴聲，急中生智地大喊：

「這是巴哈無伴奏大提琴組曲吧，不是有句話說喜歡音樂的人不壞嗎！」

木刀的刀刃稍微移開。

「人世沒這麼單純，喜歡音樂的匪類也不在少數。算了，我看你不像壞人。進來吧，但你要是敢輕舉妄動，下場就是這樣。」

「颯」揮落的木刀伴隨破風聲，停在我頭頂五公分處。

我隨著單手拿刀的老人入內。雖然是老式的日本房屋，卻帶給人凌亂的印象。走廊到處堆疊著未開封的紙箱。他帶我到四坪的榻榻米房，裡面陳設著使用年月已久的日式矮桌和書桌，取代電視放置牆角的英國製小型音箱，小聲播放著無伴奏大提琴組曲。

「我去泡茶，你坐。」

老人消失在廚房後，很快飄出咖啡香，但我遲遲等不到他回來。就在我聽完整首有十五分鐘長的巴哈組曲時，他一語不發地返回，在我面前放下咖啡杯。附杯碟。

「我很久沒幫人泡咖啡，如果不好喝，請多包涵。」

老人的名字是鳥井芳史，半年前仍在西一番街的大樓經營咖啡廳，店名是CRESCENDO（漸強音）。古典樂的黑膠唱盤和手沖咖啡是他店裡的賣點。我不加糖和牛奶，試喝了一口。風味十分香醇。

「我叫真島誠，受一樓華陽飯店老闆娘的委託，調查第三昭榮大樓的騷擾案。」

他在聽嗎？鳥井老人雙臂交疊在胸前，沒有反應。

「咖啡很好喝。請問你剛搬來嗎？」

他幾不可見地笑了。屋內悄無聲息，是因為他獨自生活吧。

「嗯，我在樂園待不下去了。」

第一次聽到的名稱。

「樂園是指那棟住商混合大樓？」

「對，你年紀輕不知道。那棟大樓甫落成時多風光；你等我一下。」

老爺爺開始翻找書桌抽屜。照這人的動作，似乎得費一段時間。在我喝光咖啡、大提琴組曲也結束時，他拿出古老的相簿。

「樂園的名稱或許代表著年輕、新穎。」

他將草綠色的相簿封面轉向我這側，找掀開回憶的相本。

數枚黑白相片記錄著簇新的第三昭榮大樓。剛開幕的音樂咖啡廳裡，鳥井老人和年輕女性坐在沙發上。

「這位是尊夫人嗎？」

他悶悶不樂地說：

「是，她八年前腦梗塞過世。內人小我七歲，順序根本反了。」

我快速翻頁，黑白相片是打扮入時的年輕男女，和住商混合大樓早期的樣貌。現在大樓中國體系的店家占了三分之二，被中排會視為目標，實在是人事全非。池袋的市容也很年輕，幾乎看不到高樓，街道空曠、天空遼闊。

「池袋樂園在半世紀前是最先進的建築。地上三樓作商用，有餐廳、時髦的洋服店和攝影工作室進駐，再上面的四層樓作公寓分售。職場和住家相近，步行四分鐘即可抵達池袋站。想當年有些房間的中籤率甚至超過六十分之一，但現在……」

老人沒了聲音。現在那棟大樓可說是池袋站前的包袱。

「最近華陽飯店持續遭到騷擾，不是被丟棄動物屍體在店門口，就是潑撒廚餘。」

鳥井老人面無表情，像鐵門拉下。

「是嗎。」

對話無以為繼，於是我改變話題。

「你知道CRESCENDO失火的原因嗎？」

「疏失引發的事故。起火點是音響設備的插座，因為揚聲器啟用後會一直待機耗能。」

我嚇了一跳，因為我天天勤勞地關閉ＣＤ收音機。

「我都不知道有這種事。」

「你睡覺時心臟會停止跳動嗎？電晶體揚聲器總是處於熱機狀態，方便隨時啟動。」

「所以插座是起火點？」

鳥井老人撇嘴，嘴唇形成乀字。

「消防是這麼說的。插座附近燒得特別嚴重，所以他們懷疑是灰塵或漏電造成的，可是我每半年都會仔細打掃插座附近、清插頭，實在無法接受這理由。」

聽到這兒，我試著套口風。

「火災有可能不是事故、而是人為縱火嗎？」

「我不知道。消防和警察都說是事故，錯不了。保險公司也按事故理賠，而且──」

我等著他繼續說下去，但他背對我，拿起唱機的唱針、停下轉動的唱盤，再將唱片收回塑膠封袋。一連串行雲流水的動作，令人宛若看到茶道的儀式。我沒辦法像他這樣優雅地更換CD。

「你剛說到一半，而且什麼？」

「無可奉告，我已是和池袋樂園無緣的老人。再說，那棟大樓完了吧？」

他是指都更吧，我還沒調查這條線。

「這就不得而知了。你聽過你以外的店家發生意外嗎？」

「不知道。」

他始終看著書桌上的相框。照片裡是他夫人年輕時的身影。她像早期配音版的洋片演員，頭髮燙捲、穿著燈籠短袖襯衫和緊身裙，站在池袋樂園的看板下。

「無論發生什麼事，都與我無關。我已逃離樂園，幫不上任何忙了。你喝完咖啡，就請回吧。」

我的杯子早空了。我起身離開起居室，在玄關穿鞋。老人沒出來送客。我認為他隱瞞了什麼，不過我沒白跑一趟。池袋樂園，知道這棟建築的歷史就是莫大的收穫。

現在已不見昔日榮景的大型住商混合大樓，最少存在了半個世紀。第三昭榮大樓是池袋的里程碑，即便都更也不能改變這項事實。

我在大塚站前站搭都電荒川線回池袋。這條電車線路其實很有風情，值得東京居民特地跑一趟搭乘，欣賞沿線生長的向日葵和蒲公英，隨列車經過時帶動的風搖曳，一飽眼福。

我在東池袋四丁目下車後，漫無目的地順著首都高速公路的護欄前進。我不知道什麼是安倍經濟學，總之不減這裡紙箱屋的數量。我掏出手機撥打LINE的免費通話。

「你好，我是林高泰。」

我用中國的電話招呼語。

「喂喂喂，我是阿誠。」

林沒被我逗笑，淡定的態度和國王崇仔不相上下。

「阿誠，我正在談重要的生意，十五分鐘後再回你電話。」

通話結束。這男人簡直是優秀的官僚。無奈之下，我選擇回水果店。寒涼的東池袋都更區淨是四十層的高樓林立——夜梟塔、天際線塔、先鋒塔、大觀園塔。我像螞蟻走在巨人腳邊。

現在想想，都更不過是蓋高樓大廈。重點從來不是都市景觀，是都更的過程和金錢流向。

晚間，我和林在西口的星巴克會合。

日本人的我，和已取得日本國籍、原是中國人的林，在美國體系的咖啡廳碰面，感覺真奇特。店裡播放賽內加爾共和國的流行歌曲是以法語歌唱。你看，池袋出人意表的國際化吧。我買了拿鐵，在面對大街的櫃臺式長桌落坐。現在已是晚上十點，但舒適的沙發全有人占據。

「林，氣色不錯。最近在忙什麼啊？」

窄版黑西裝是他的制服。他之前從事顧問工作，負責管理中國研修生，也是他引導我和老媽收養小郭。我完全落入他的圈套，但我不後悔。

「現在雖然仍有研修生制度，卻漸趨式微。我目前作橋樑，為有意在日本投資的中國企業做調查工作。或許和顧問的工作相差無幾。」

他的日語仍完美如國營廣播的播報員。當今很少看人梳得一絲不苟的油頭，在林身上一點也不粗俗。

「你如果不馬虎點，一下子就會被揭穿是外國人。你在這城市高雅過頭了。」

「我的確是外國人。我和郭小姐一樣，是日本人也是中國人。我聽說你在忙仇恨言論團體的事，實際是什麼工作？」

我猜不透這男人問話的用意。而日為了從他這邊取得情報，我這邊也得提供情報。

「你知道中排會吧。」

林毫無情緒地點頭。

「他們是一群可憐人，除了身為日本人外無以為榮。」

「有個反中排會的團體叫恨民會。」

「一群單純的人，相信自身是更優異的日本人。」

這男人損人不嘴軟，或許和我很像。

「我受恨民會委託，保護中排會，因為恨民會分裂出的武鬥派，計畫襲擊中排會。如果成真，池袋馬上會陷入復仇戰。」

林微笑喝著拿鐵。

「你的立場總是很複雜。在中國，只有都市富裕的年輕人能享用拿鐵。」

他有話想表達吧。我沒答腔，林看著玻璃窗外。當一群醉漢吵吵鬧鬧地經過時，他說：

「中國不像日本擔憂的富庶。就多數農戶而言，星巴克的拿鐵相當於他們幾天勞務的代價。」

「但有錢的中國人在全球置產、買公司，你也是幫手。」

「這樣的人少之又少。他們不是政府高層，就是後台硬的特權階級。在我看來，日本人和中國人都喜歡打腫臉充胖子。日本人視中國人是不顧國際規則的暴發戶，中國人視日本人急遽右傾。我瞭解中日，所以知道這些人是兩國的極少數分子。」

在敵對的兩國間工作，使他有機會以第三視點觀察。

「希望真如你所說的是極少數。小郭的事件時，你服務的池袋中國團體叫什麼名字？」

「中池共榮會。」

「共榮會和現在進行的北口再開發案，有什麼關連？」

我也享用熱拿鐵。如果這一口要半天薪水，拿鐵簡直與黃金無異。

「中池共榮會是來池袋發展的上海商人聯盟，和其他地方的團體不對頭，所以之前才會和中國東北地方出身的東龍起衝突。有消息指出當前的再開發案，北京是背後的推手。」

我想著東龍當家岩石般粗糙的臉。之前的事件後，我不曾再見到楊峰，不知道他在池袋是否安好。我說不定年紀到了，一段時間不見，連不是好人的對象都惦念。

上海、東北、北京和福建。中國的勢力盤根錯節，我實在摸不清。這些勢力一面互相牽制、一面試圖改變池袋。對很多在池袋逛街、吃大餐的日本人來說，事情像在異次元發生一樣看不到。

「他們的名稱是？」

「我不知道。」

「什麼啊，你這樣也算幹練的顧問？」

林笑了。

「在中國當眾糗人可交不到朋友喔，你的嘴巴太壞了。」

我像在接受前輩播報員的發聲訓練。

「抱歉喔，我的嘴巴壞是得到老媽的真傳。」

林斬釘截鐵說：

「令堂是好人。雖然情報不多，但我知道去年有大量的資金流入池袋，來源似乎是北京郊區的地方政府或國有企業。總之，我肯定不是民間企業。這筆資金落在帝國不動產的手裡，也就是現在主導北口再開發的公司。」

帝國不動產，我記在手機，方便之後調查。曾因日本帝國侵略所苦的國家，竟和名為帝國的公司做生意，真是可笑的巧合。

「這是間什麼樣的不動產公司？」

「公司的股份全由中資持有，已然是中國的不動產公司。聽說他們買下不少都會地區的一級地。因為經歷十五年通縮的低迷景氣，東京地價的起步較在先進諸國的首都晚。」

原來如此，難怪蓋在你我公寓旁的大樓，悄悄落入中國企業手中。

「中池共榮會為什麼不和他們合作？」

「上海人討厭北京，一如日本的大阪人討厭東京吧。另外，政府的資金雖龐大，但共產黨常二話不說地抽資。沒有道理可循，人力也無以回天。而池袋中華街再開發的大案，曾和共榮會接洽，但上海系的耆老怕事，無法信任北京。」

縱橫交錯的利害關係在中華街蠢動。

「你知道第三昭榮大樓嗎？」

中裔顧問滿不在乎地承認。

「嗯，你是說池袋樂園吧。那棟大樓是再開發的要點，你上網查就知道。」

所以只有我一無所知。我向他道謝，並轉達老媽的口信，邀他到家裡玩。

我們離開星巴克，漫步在夜晚的街道。因為林要回北口租的公寓，我們轉進北口的風化街，結果我發現我走錯路，來到小郭工作的地點。路邊紫金文字的看板很耀眼。

當我準備離去，地下階梯出現兩名上班族，隨後是小郭和另一名女公關。小郭穿著金屬光澤質地的露肩小禮服。她似乎很訝異看到我和林。

「下次再來玩，不可以花心光顧別的店喔——」

小郭揮手時，中年的白領摟住她的小蠻腰。

「中國城裡我只喜歡小郭，我們下週見了。」

我想轉頭時，小郭打了招呼。

「林先生，晚安。誠哥，我有話和你說。」

我被作性感打扮、戶籍上的妹妹，拉到風化街的小巷。

頭上的霓虹燈依序閃著紅、藍、綠、粉紅，使我們三人的膚色變得像殭屍般可怕。我看小郭頻頻摩擦著無衣物遮蔽的上臂，於是脫下羽絨外套披在她瘦弱的肩膀。夜晚的池袋也因為不景氣，攬客的人比酒客還多。

「誠哥，你有看到明花的簡訊嗎？」

沒有。我確認手機，有封附相片的簡訊。我馬上打開來看。

✓這次遭殃的不是店面，而是自家。

✓好噁心，氣死我了！吼喔！

她加上頭頂冒煙、滿臉通紅的惡鬼動態貼圖。為什麼簡訊會退化到使用圖像呢？我點開相片，是池袋樂園集合住宅的門，和我在鳥井老人的相簿看到的一樣。鋼門有三處留著被蛋洗的痕跡和醒目的紅字（大概是番茄醬）寫著「支那人滾出去」。

「我剛和她通電話。最近不只華陽飯店，連其他店家也開始受到嚴重的騷擾。到底是怎麼回事？我不相信這國家的人，真的如此討厭中國人；我們沒做壞事，只求在這條街賺點小錢，和大家和平共處而已。」

我和林對看。照這情況判斷，騷擾確實是反中國派的人所為，因為中國人不會自稱支那人。

「究竟是什麼人做出這種事呢？」

林搖頭。

「我不知道。北京系的不動產公司想拿下那棟大樓，但騷擾店家的是中排會之流的右翼人士，兩者的關連成謎。」

我和他一樣摸不著頭緒。這時，年輕男店員從店裡上來找人了。

「不好意思，郭小姐。有客人點妳的檯。」

小郭舉手請店員稍待後，說：

「我該走了。誠哥，明花的事務必拜託，因為我們都無法離開這條街。」

「我知道，妳認真工作。」

小郭持續匯生活費回河南省的老家，即使她父親的病況好轉，她仍得籌措一雙弟妹的學費，沒有退路。看來我有必要事先勘查池袋樂園，因為我需要現場明確的地理位置，才能派G少年監看華陽飯店和明花家。

小郭將羽絨外套還我。

「外套很暖和，謝謝。替我向媽媽問好。」

我的外套是中國製的平價品牌，不像崇仔是價值二十萬的法國名牌Moncler。霓虹燈閃爍的巷子裡剩下我和林，與小郭猶存的香水味。

「林，你現在為誰工作？我可以信任你嗎？」

黑西裝的男人一時不作聲。我已攤開手上所有的牌，但這男人在中華街黑白兩道求生，或許不曾冒險攤牌，怕是有所顧忌。我一直看著他的眼睛，他終於鬆口：

「我明白了。我接受上海系請託，擔任他們和北京聯絡的窗口，但現在只是有一搭沒一搭地交流，拖延著不給個答案。如果我之後取得有利的情報，再聯絡你。畢竟郭小姐的事上，我欠你一份人情。」

「瞭解。」我們在北口風化街分開，但沒握手。林是值得信賴的男人，不必把手許諾，可這僅限他和我站在同一陣線時。

夜晚，我因為東想西想沒怎麼睡，整晚愣怔到天明。

而這天偏巧在鬧鐘響後，一直下著凍寒的冬雨。崇仔的來電毫不留情地鑽入我腦中。國王竟一早打來，恐怕發生革命或戰爭了。

我接起電話，隨即聽到汽車鳴喇叭。崇仔的聲音冰寒更勝冬天的雨水。

「馬上到池袋名啟醫院，我現在也要過去。」

我昏昏沉沉的腦袋開始加速運轉。要暈了。

「中排會的人遇襲了？」

崇仔沙啞的笑聲，像雨雪交加。

「不，是恨民會的人遇襲了。」

「什麼！這不是反了嗎！」

沒道理。這回的事件全反了，安全的一方反而遭到攻擊。如果置之不理，冤冤相報到最後，池袋將充滿了恨。

「我馬上出發，細節之後再說。」

我切斷通話，兩腳套進冰冷的牛仔褲。

池袋名啟綜合醫院，是要町附近的指定急救責任醫院。

在我趕到醫院時，治療已經結束。四人房裡住了兩名恨民會的成員，頭手皆包著繃帶。雨過天晴的明亮病房裡，有崇仔和恨民會的久野代表，以及不知為何也在場的紅頸堀口。

「傷勢嚴重嗎？」

包繃帶的小鬼手比V字回應我的問題。崇仔以冰塊似的聲音說：

「沒有大礙。一星期即可痊癒的挫傷，是最低程度的傷。」

「既然如此，他們為什麼昨晚就入院？」

久野代表回：

「因為傷在頭部。這兩人也說要回家，但醫生為慎重起見，請他們住院觀察。我沒什麼時間，先談正事吧。」

久野代表開心地說：

「我通知媒體了，三十分後要開記者會。對恨民會來說，這是絕佳的機會，可以打著被害的旗幟，向世人控訴種族主義的暴行。」

「但還不能確定是中排會幹的好事。」

「是，可能是中排會，也可能是脫離中排會的激進派所為，但終歸是和我們敵對的團體，對中排會是一大打擊。」

崇仔抱胸靠著窗邊的牆壁，冷眼旁觀。因為這事不是G少年的疏失，他們的工作是保護中排會不受紅頭攻擊。病床上穿著醫院睡衣的男生，看來像是乖巧的補習生。久野代表對他說：

「安田同學，麻煩再告訴他一遍你昨天告訴警方的話。」

他欣然從命。

「昨天雖然沒遊行，但我們在池袋北口發恨民會的傳單、收集大家的連署簽名。」

「為什麼？」

「署名是為了推動管制種族主義和仇恨言論的東京都條例。連署人數已經破十萬，因為沒人喜歡中排會醜惡的遊行。」

「去死！」「宰了他們！」這樣高調吶喊的人，終究是少數嗎。我對市民刮目相看了。

「我和入江同學家在與池袋相近的千川，所以在晚間七點解散後，我們選擇走路回去，卻在山手街過高松一丁目時遇襲。」

我知道那區的環境。沒被空襲燒毀的住宅，密集交織成狹窄的巷道。

「對方是什麼人？」

安田臉色鐵青地抱著身體。

「對方在我經過街燈時，突然襲擊我背後。一行大概有四個人，但我不敢確定。他們全戴著黑色露眼頭套、穿黑衣服。」

似乎是事先計畫好的攻擊。對方或許也準備了逃亡用的車。安田在發抖。他很害怕吧，在暗處被一群黑衣男攻擊。

「他們揍我肚子，然後趁我彎腰時，痛毆我一頓。說來難為情，我只能一個勁護著身體，沒有反擊的餘地。真不甘心。」

當細瘦的補習生扭曲著臉時，久野說：

「告訴他攻擊你的人說了什麼。」

「是。他們邊踢邊喊『你竟然擁護支那人』。」

一直沒說話的入江開口了。這人的個頭雖高，身材卻像根火柴棒。

「他們對我是說『這裡是日本，支那人滾出去』。」

「是嗎。」

久野代表滿意地表示：

「雖然不確定是中排會所為，但確定是右翼的種族主義者。我要在記者會時緊咬這一點，或許能藉此催生仇恨言論的法規。」

他們為什麼犯下有損形象的愚行呢？我無法理解中排會的想法。崇仔一樣抱胸靠著牆壁，說：

「你委託G少年的工作內容維持不變嗎？由堀口的部下出面防堵攻擊，沒問題嗎？」

堀口瞇眼瞪著崇仔，說：

「我離開恨民會就是因為代表太像政客。久野先生，你不心疼同志被攻擊，還受了傷嗎？你不生氣嗎？如果不反擊，他們又會故技重施。藉同志受難作為政治宣傳的人，哪能信任？」

入江小聲說：

「我不要再挨揍，想到之後可能有人被中排會的人渣攻擊，就令人作嘔。久野先生，請讓我即刻退出恨民會。堀口先生，請讓我加入紅頸。」

堀口走近入江的病床，伸出右手，行拇指在上的握手禮。紅頸的首領得意地說：

「看吧，久野先生。你不瞭解人心，能勝任代表嗎？」

堀口輕拍入江瘦小的肩膀後，悠然離開病房。崇仔像看到搞笑節目般彎著嘴角，重複之前的問題。

「你委託G少年的工作內容維持不變嗎？」

安田和入江目不轉睛地看著恨民會的代表。久野思考半晌便說：

「我明白了。請你們在這條街附近，保護恨民會的成員。」

「明智之舉。這筆費用另計，請你之後和我們的會計談。」

很懂得做生意的國王。走廊一陣喧嘩後，護士來了。

「不好意思，樓下大廳有很多媒體朋友，請派人應對。另外，請你們到外面的停車場，不要在院內開記者會。」

我們似乎該消失了。

「崇仔，借一步說話。」

我不等他回應，直接到走廊。

走廊底的窗戶，正對一大棵沒幾片葉子的銀杏。我向下望，數十名記者和攝影師聚集在停車場，或許不只日本媒體，連外媒也來了，因為仇恨言論製造的對立終於發展成暴力事件，出現傷者。崇仔在我背後說：

「總覺得事情並不單純。這回事件的發展簡直是霧裡看花，但G少年的工作因此增加，不失為一筆好生意。」

記者爭先恐後地占位，因為好位置有其價值，和池袋樂園一樣。

「我也看不透，可是有幾件事教我耿耿於懷。」

崇仔的溫度驟降，這是他專心時的習性。他在勝負之際不是熱血沸騰，反而極度地冷靜。對上這類型的人時，最好當心。

我說出第三昭榮大樓的華陽飯店，至今受到貓狗屍體和廚餘的騷擾後，一併告知池袋北口的中華街再開發計畫和暗潮、利害關係複雜的中國地方派系，及主導再開發案是新來乍到的北京系。

「這麼說，你奔走是為了恨民會和華陽飯店。」

「嗯，因為我有個中國的妹妹，所以想讓這條街的日本人和中國人和平共處。」

我知道崇仔雖然面無表情，但其實在笑。以這小子的情況來說，有一邊眼睛的眼尾紋低個五毫米，即可判定為笑容。久野代表在停車場舉辦的記者會開始了。我聽不到聲音，但可以看到他沉痛的態度和憤慨的演技，真是稱職的發言人。

「我有預感這棟住商混合大樓，是這回事件的關鍵。崇仔，你之後有空嗎？」

他坦言：

「我向來沒空，但既然你有這樣的預感，我願意撥時間給你。畢竟你準確的直覺常發揮作用。」

這時，記者間出現漣漪似的反應，所有人紛紛打開手機。該不會發生新的攻擊事件？今年冬天的池袋很怪，以往的冬天總是風平浪靜啊。

我的手機響了，是小郭來電。

「喂，怎麼了？」

小郭的聲音聽來很急切。

「誠哥，你在什麼地方？可以看電視嗎？立刻轉台看《晨間大話》。」

我跑回病房，崇仔像影子一樣跟著。安田和入江出去看記者會，四人房裡空無一人。我打開窗邊十八吋的小型液晶電視。螢幕上的濃煙彷彿會竄出，還不時看到豔紅的火舌。記者高聲說：

「現在為您直播的畫面，是池袋北口鬧區大樓的火災現場。消防隊已在一小時前控制住火勢，但起火的六樓房間仍在悶燒。」

鏡頭拉遠拍攝建築物全貌。黑煙籠罩存在半世紀的樂園、第三昭榮大樓。我對小郭說：

「我看到電視，瞭解情況了。明花和華陽飯店的大叔平安嗎？我立刻趕去現場。」

我想到停車場的記者會。

「對了，小郭。妳繼續鎖定這節目。昨晚有兩個恨民會的成員被攻擊，中排會的嫌疑最大。他們現在正在開記者會，等會兒應該會播出。就這樣，我再打給妳。」

崇仔興味濃厚地看著電視。

「失火的就是你剛說的大樓嗎？」

「對，他們手腳快一步。這棟大樓半年前也曾發生火災，害得一個老人的咖啡廳歇業。」

我真的不知道究竟是什麼人、為什麼日的針對池袋樂園？但我很清楚一件事，就是潛藏在暗處的敵人著急了。只有神智不正常的人，才會攻擊恨民會的成員、在有人居住的大樓縱火。

「阿誠，走。搭G少年的車。」

崇仔行雲流水般踏出病房、前進走廊。為了跟上他的步伐，我得用跑的。這小子該不會也想在競走的世界奪冠吧？

西一番街來了二十多輛消防車，還有一堆人在距離火場二十公尺處的管制線外看熱鬧。我和崇仔擠進最前面。很多人像舉著奧林匹克的聖火，高舉手機拍攝。我抵達時，火勢已受到控制，不見火舌，煙也從黑變灰、再變白，可是我生活的街道一帶有股掩蓋不住的焦臭味。

「再這樣下去，我們的城市會面目全非。」

我握著黃色的管制線，濕的，或許是消防車的水花隨風飄來，連我們的腳下也無一處乾燥。崇仔以結冰似的聲音說：

「恨民會遇襲是他家的事，但這場火是向池袋下戰帖，另當別論。阿誠，找出這該死的傢伙，交給G少年處置。」

人逐漸減少。我想大家愛看不幸的事件，而戲已落幕。結果他們開始以第三昭榮大樓背景，拍起紀念照。真是沒完沒了。

我和崇仔在警察開始指揮交通時離開現場。

新聞在我下午顧店時播出。我在店內收銀台，用遙控器調高音量，因為我不能錯過今天任何一則新聞。電視的女主播平鋪直敘：

「在池袋站北口的火災現場，發現大樓居民的遺體。警方相信死者是丸岡洋造先生，目前已著手確認身分。火勢獲得控制，是在燒毀起火地點的六〇三號室後。消防不排除有人為縱火可能。」

池袋樂園熏黑的牆壁，換成模糊的黑白照。丸岡洋造（七十八歲）。我不知道這老人之前過著什麼樣的人生，但在今天早上的事故發生前，他仍活著。我忘不了新聞提到有人為縱火可能。

住商混合大樓之前已有半數以上的居民離去，這起火災恐怕會加速仍在大樓的居民撤離。昔日的池袋樂園即將變成鬼城，我差點捏爛要賣的橘子。

下一則新聞，特寫的畫面是停車場上的久野代表。

「雖然不知道犯人的身分，但凶嫌肯定是右派的種族主義者。民主主義的先進國家竟發生這種憾事，我們該認真考慮立法規範仇恨言論……」

我調低電視的音量，不想聽恨民會的宣傳。連續兩則發生在池袋的全國新聞，是前所未有的事。我呆望著電視，身為土生土長的池袋人，完全高興不起來。

這天傍晚，我前往第三昭榮大樓，和崇仔會合。

華陽飯店經過消防車的洗禮，店裡濕成一片，想當然是臨時休業。大叔和明花在口字型的大樓中庭晾乾桌椅，順便用洗地刷清洗地板。我抬頭發現直至七樓的景致和香港一樣驚人。架在透氣窗外的曬衣桿上，晾著各色衣物。

「誠先生，請你吃。」

明花端出拿手的芝麻球——因為蒸籠不能用，所以是微波爐加熱——簡直是鄉下的親戚，最先拿出來招待客人的一定是食物。我也回贈沒賣出去的哈密瓜。我真的長大了，竟然會帶伴手禮。在我大吃熱呼呼的芝麻球時，崇仔和兩名保鑣到場。

「你真慢，芝麻球都冷了。中排會和恨民會現在是什麼情況？」

國王用戴著手套的手確認不鏽鋼桌面已經乾了，大衣不脫地落坐。

「下星期六的遊行是難關，尤其要考量行進間和解散後的警備安排。恨民會也暫時停止連署活動與發傳單。」

國王看到山下大叔，立刻移開視線。

「請當我不存在，將事情原原本本地告訴阿誠。雖然你們這些大人對G少年沒好感，但G少年也想為這回事件盡一分力。」

崇仔移往西一番街巷道的方向，左右跟著長相凶惡的保鑣。當鋪、無碼成人片店、咖啡廳、電話交友俱樂部、連鎖天婦羅店——離開車站周邊的池袋北口氣氛肅殺。我開始打聽：

「我見過CRESCENDO的鳥井先生了，他的咖啡廳失火是半年前的事吧！你們大樓是什麼時候開始出怪事的？」

華陽飯店的大叔在寒冬時分，上身僅穿了一件白廚師服、坐著抽菸。他似乎十分疲憊。

「我記不得了，一年或一年半前吧。」

「所以是中排會開始在池袋遊行的時候囉？」

大叔聽到中排會，立刻苦著張臉。

「在他們出現之前，這條街的日本人和中國人是一團和氣。雖然有時免不了因文化或習慣差異起爭執，但大家是鄰居，事情談開來也就罷了。可現在，」

他長吸口菸後，吐著白霧說：

「大家相敬如冰，事事針鋒相對。鄰居的摩擦也變多了，因為中國人和日本人的店都被騷擾，雙方都懷疑是對方幹的好事。這棟大樓以前很風光呢。」

我想到鳥井老人的相簿。

「池袋樂園曾經和中野的百老匯、原宿的公寓一樣，是最先進的建築吧！」

「是啊。在這裡開店、入住上層公寓，是這區所有人的夢想。我為此揮動了數十萬次的炒鍋呢。」

大叔輕撫右臂。他的前臂鼓脹像叉燒肉。

「騷擾是什麼時候開始的？」

「一年前、不，應該是去年初秋。我拿出店外的垃圾袋被割破，廚餘散落一地，從此我丟垃圾時都會遇上這情況，很奇怪。因為不像野狗或烏鴉搗蛋，所以我懷疑是二樓和我打對臺的中菜館老闆幹的。」

「對方是中國人？」

「沒錯，他抄襲我店裡的招牌菜，我們曾因此起過爭執。小生意也有不少狀況。」

「之後騷擾就變本加厲了？」

「對，野貓野狗的屍體被棄置在店門前。真叫人毛骨悚然，能做出這種事的肯定是瘋子。可是不只我的店，別間店也持續受到騷擾，所以我一直懷疑之前的咖啡廳、今天丸岡先生家，都是遭人縱火。」

有人為縱火可能。我在腦海裡畫下第N次重點線。大叔壓低聲音：

「我接下來要說的事情，你聽聽就好。丸岡先生家是常人口中的垃圾屋，失火也不無可能。他和我一樣失去陪伴身邊多年的老伴，整個人都不正常了，但我有幸認識內人。」

大叔看明花的眼神意外柔情，惹得她面如桃花。所以說，戀愛不是專屬俊男美女的奢侈品。

「你為什麼懷疑是縱火呢？」

「丸岡先生習慣扣著門鍊、不關門，同一層的居民全被他家的臭味熏到受不了。總之，要在他家放火很容易。」

「你知道帝國不動產這間公司嗎？」

「嗯，知道。兩年前那家公司曾經舉辦說明會，在樓上會議室牆壁投射巨大的影像，說明三十層高樓的改建案。」

「後來呢？」

大叔點燃另一根菸。

「不了了之。小有積蓄、厭倦這裡的居民搬離了三分之一後，不動產公司便沒了下文，頂多三個月寄一封信，勸我們遷居。」

這就是我想不透的地方了。騷擾和土地蟑螂為什麼沒接點？騷擾的目的很明確，卻看不到幕後的黑手。

和騷擾同時開始的中排會遊行也是來歷不明。

「這棟大樓的店收了三分之一，居民也剩不到一半，但留下的都很難對付，不是店家沒錢再開新店、就是老人家不想改變生活。我們也決定不畏騷擾，堅持到對手死心。明花，拿啤酒，順便切叉燒肉來。」

之後我和大叔、崇仔三人把酒言歡。一旁的明花曾在中國人的夜店工作，很善於倒酒助興。天黑後，我和國王酒足飯飽地踏上歸途。

我們去西口公園醒酒。我的屁股舒服地貼著鋼條長椅。兩、三個路邊歌手的歌聲一如既往地難聽，儼然這座城的噪音，所以我聽而不聞，當歌詞的內容是烏鴉叫。

「這城市變了。」

國王悄聲說。這男人難得傷春悲秋。

「怎麼說？」

「憎恨和冷漠變多了。雖然對G少年來說不是壞事，但作為池袋人，我感到淒涼。」

貧富差距逐漸拉大，人們自顧不暇。拿不出成績的人，被貶低為不努力、或笨蛋。在我眼裡，階級社會是隨意踐踏不如自己的人，所以生活有保障的人欺凌在日本的中國人、韓國人，或非正式雇員，而網路的仇恨言論如泥流蔓延。

「可是我們只能在這城市生活。」

我和崇仔與山下大叔一樣，不能選擇池袋以外的土地，因為我們無處可逃、無處可去。

「正是如此，所以我們要全力解決眼前的事件。阿誠，你下一步要做什麼？」

我看著噴泉激起的水柱在頂點化成水花散落。

「我要直搗黃龍，你也一起來吧。」

「對象是？」

「中排會。我想見中排會的代表，聽聽她的說詞。我看不清這回事件的全貌，只能四處打探消息，直到有人嫌我礙眼決定展開行動。」

崇仔的聲音如雨水濕冷。

「我不認為中排會的人會老實撥時間見我們。你要怎麼說服他們？」

我朝和我同坐長椅上、高中至今的好友一笑。高中的他內向、單純、天真，和現在判若兩人。之後如果有時間，我再細述崇仔是怎麼變成池袋的國王吧。不是明星，而是國王誕生的故事。

「不是有你在嗎，再加上恨民會的久野。」

「什麼意思？」

當小鬼抱著吉他、扯開嗓門唱副歌時，有酒客大叫吵死人了。我在崇仔耳邊說：

「你告訴久野代表，為了確保這次遊行順利，你希望雙方坐下來討論，請他約見中排會的人。你負責統籌維安。這也是G少年實際的工作，應該行得通。我充當你的副手。」

國王崇仔一臉訝異。

「你這小子真的是鬼點子特別多、又舌燦蓮花，我不懂你為什麼還在池袋當店員？」

兄弟，說得好，我也想知道。但我心口不一地說：

「你該當店員試試。一面說多謝惠顧、一面接過客人手中的零錢，其實不壞喔。華陽飯店的大叔就是個例子。」

「嗯，他還有個性感的中國老婆呢。」

「每天煮麵、炒飯照樣能成為堂堂正正的社會人士，幸福成婚。你說是吧？」

我和崇仔在鋼條長椅相視而笑。現在想想，我們既不是堂堂正正的社會人士，也沒結婚。當不了池袋的好市民，或許是因為我們不夠吃苦耐勞。

夜裡的通話讓久野代表立刻採取行動，一如我所預料。因為，如果恨民會不想失去被種族主義者攻擊的有利立場，一定要避免另一次的暴力衝突。在我的循循善誘下，久野很快答應配合，但要是媒體收到中排會和恨民會私下互通有無的消息，他們將失去支持者。

面會安排祕密在星期四下午進行，地點是G少年愛光顧的池袋大都會飯店套房。我們走路只要五分鐘，不擔心遲到。

我和崇仔在大廳碰頭。他穿著黑西裝、配鉛筆細的黑領帶。我認識的人當中，只有他做這種打扮不像男公關。至於我，和平時一樣穿衣齡三年的平價羽絨衣、長袖運動衫，和大三吋的牛仔褲。當我們在電梯裡，他問：

「今天的戰術呢？」

「沒有。」

崇仔似乎覺得有趣，因為電梯變得和冷藏車的車櫃一樣低溫。

「雖然你常做無謂的事，但和你在一起絕不無聊。」

「麻煩你在我問話的時候，觀察對方的反應。你的觀察力、或看穿敵人動向的第六感，簡直和超能力沒兩樣，所以我相信你能看出他們是否有所隱瞞或撒謊。」

國王默默頷首後，電梯停在二十四樓。我們像連續劇的刑警搭檔，並肩走進裝潢豪華的走廊。

二十四樓專供行政用，連套房裡附設的會議室也加上行政二字，只是我不是行政管理階層，不愛高貴的名稱。

門在我按鈴後開啟，我看到戴墨鏡的壯漢，是上次遊行貼身保護中排會女代表的隨扈，身高近二尺。他以威迫的低音說：

「進來吧。」

崇仔和我鑽進開了個縫的房門，我們從以前就很擅長鑽縫隙。門後是客廳，我們被帶往裡面的會議室。十人的長方形會議桌後，坐著中排會的代表城之內文香和第二號人物塚本孝造。城之內在溫暖的室內仍穿著灰色羽絨大衣。或許她很怕冷，因為她的身材和芭蕾舞孃一樣纖細。我點頭打招呼。

「我們是受恨民會委託的G少年。這位是頭兒安藤崇，我是副手真島誠。敢問三位的大名？」

戴墨鏡的巨人雙手交叉在前，站在城之內背後。開口回答的是塚本。他和崇仔一樣穿黑西裝，但他的西裝有高聳的墊肩，活像鄉下的建商。

「這位是代表城之內。我是副代表塚本，他是——」

巨人輕點下顎。

「代表的隨扈兼秘書關谷善爾。你別看他人高馬大，他的動作很快、管理行程也細心。」

我仰望巨人，他的表情不變。如果辦他和崇仔的格鬥賽，不知道哪邊會勝出？崇仔最強的武器是速度和戰術，但巨人的拳頭似乎很有力。

「我想和你們談星期六的遊行。恨民會的久野先生委託G少年暗中保護中排會不受激進派的紅頸攻擊。上次遊行我們派人不著痕跡地在中排會附近，監視到紅頸解散為止，結果和你們知道的一樣，沒出狀況。」

城之內點頭後，我打出第一張牌。中排會當天即聲明，他們的成員與恨民會的攻擊事件無關。

「但這次沒這麼容易，因為之前的攻擊事件，紅頸已經沉不住氣，各家媒體的新聞採訪人員也只會多不會少。我們很希望遊行能平安落幕，所以想麻煩你們配合。只是在這之前，我要請教一件事。」

我看崇仔。他一直看著美魔女城之內代表，不愧是人肉測謊機。

「暴徒不是你們中排會的人吧？」

城之內臉色難看地點頭不語，她這樣很正常。倒是副代表的塚本爆怒了。

「不要說笑了，我們不可能使用暴力。媒體和警方一直找中排會的碴，明明我們只是擔心日本的將來，在宣揚正確的路。」

城之內說話了。我之前都是透過擴音器聽到她的聲音。她的嗓音其實可愛中不失纖纖弱質。

「真島先生，中排會被逮或受傷的犧牲者都多過於媚中派的團體，真正的受害者是我們。媒體和政府又被中資掌控，所以我們不得不憑著微薄之力大聲疾呼。」

真像社會科女教師。這樣的老師在我就讀的高工任教，說不定很受學生愛戴。只要有正當的理由，就能喊死喊殺嗎？但我不是來爭論的。

「我知道了，不是中排會動的手。你們不想在這次遊行和恨民會起衝突吧？」

城之內笑而不答，反倒是塚本回話。

「囉唆，你們這樣也算大日本帝國人嗎？」

大日本帝國被這種人掛在嘴邊，我寧可棄而不用。不能只說日本嗎？

「不想。中排會願意配合你們，讓遊行平安落幕。」

代表的形象不像媒體報導的激進，意外地通情達理。不能連結仇恨言論，我心裡反而不安。

「如果媚中派和池袋中華街的不良支那人攻擊我們，勢不得已，我們也只好徹底排除敵人。」

我回想之前的遊行。參加中排會遊行的多半是學生、看來像臨時工的年輕男女，和黑衣打扮的中年男子。他們的戰鬥能力和《七龍珠》的克林半斤八兩，完全比不上紅頸或G少年。

「中排會有不出現在遊行的特別行動隊嗎？」

「我不能回答你的問題。」

城之內的眼睛混濁，像雲遮蔽月亮般變暗。她有事隱瞞，崇仔也有同感吧。塚本說：

「說出來會嚇死你們。池袋的小混混根本不能相提並論。」

城之內用冰冷的語氣喊了副代表一聲：

「塚本先生。」

「是，代表。我知道。」

「真島先生、安藤先生，請你們瞭解，我只是想掃去我國在戰後七十年所受的屈辱。日本因為二戰落敗，受盡歐美和亞洲各國欺凌，如果這問題不解決，日本便無法向前邁進，永遠只能作世界的二、三流國家，所以我抱持著拯救國家的信念犧牲小我。你們也是日本人，請你們深思。」

所以你們罵中華街上的女性是妓女、叫小孩和老年人去死。我想著人為愛犯下無數的愚蠢行為，臉上不表疑惑地說：

「我明白。我們也是為這城市行動，不難理解妳的心情。」

「之後請你和負責中排會維安的關口，討論星期六遊行的分配，他會留下。我和塚本要接受雜誌採訪，必須先走一步。」

墨鏡巨人的態度出現變化。

「攻擊事件剛發生不久，請讓我隨行。我和他們的事通電話就能解決。」

他真拚命，令人好奇城之內和秘書兼隨扈的巨人是什麼關係。我拋問題試探準備離開的城之內。

「你們怎麼看待第三昭榮大樓的火災和北口一帶的再開發計畫？」

城之內沒反應，但塚木聽到再開發後，臉色有些不對勁，因為他刻意裝作沒聽見。

「火災令人遺憾，只能怪大樓的設備老舊，而中排會堅決反對中國資本主導的再開發計畫。日本人得奪回池袋。」

在我和關谷交換聯絡方式後，中排會的三巨頭走出行政會議室，留下我和崇仔在二十四樓的窗邊。下方西口公園光禿的櫸樹透著一股淒涼。

「那女人雖然心理扭曲，但她是清白的。」

崇仔的聲音似冷氣流出。

「嗯，問題在第二號人物，塚木孝造，只有他和中排會波長不一樣，不像二次元的網路右翼，反倒像我們熟悉的三次元黑道小弟，或組織成員。」

崇仔對著窗戶整理劉海後，說：

「G少年的幹部等會兒過來，你偶爾也露個面吧？」

「不了，敬謝不敏。我想探探塚本的底細。」

我實在不喜歡集團的集會、會議，就算套上行政兩個字也一樣。

我離開飯店、橫越西口公園。路上我掏出手機，打了兩通電話。一通給冰高組負責涉外的猴子，請他確認傳聞中排會有池袋組織的人是真是假，並拜託他調查塚本孝造的身分。另一通給神祕的中國顧問林高泰，請他打聽之後再開發計畫的發展，以及北京的態度，或許能從中找出塚本孝造和帝國不動產的關連。

回到水果店，邊聽老媽訓話、邊賣和歌山和愛媛的橘子。在面對客人時，我的腦筋動得比較快，一張藍圖逐漸浮現。星期六的遊行在即，是時候作決斷了。

傍晚，在我顧店時來了位意想不到的客人。

今天鳥井老人的手裡沒木刀，卻穿著出席葬禮的西裝。他向老媽行禮後，對我說：

「可以借一步說話嗎？」

老媽察覺氣氛有異，交代我：

「老人家說話一定要聽。不用擔心店裡的事。」

我和緘口不言的鳥井老人離開水果店。我們不能在西口公園談事情，他不是崇仔，老人家會染上風寒的。

「我們去樂園吧，那裡的中華餐館很好吃。」

我們前往鎮上步行數分鐘即可抵達的前樂園。當我們坐在吧台時，大叔和明花瞪大了眼睛。

「真是稀客，鳥井先生，這是你搬家後第一次光顧。老樣子嗎？」

「嗯，麻煩了。」

炒時蔬和整瓶的青島啤酒在九十秒後端上桌。我也順便和明花點餐。冬天的冰啤酒也很美味。鳥井老人喝了口啤酒後，顫抖著唇磕了個頭。他的額頭幾乎碰到樹脂製的櫃臺。

「對不起。都怪我沒有勇氣，真的很抱歉。」

我實在不知道他在說什麼。鳥井老人抬起頭後，眼眶泛紅。

「我稍早出席了丸岡先生的葬禮，他的家人和親戚全哭成一團。如果我鼓起勇氣舉發，事情或許就不會落得這番田地。你看這個。」

他從西裝外套的內側口袋拿出一張紙。我看到他的簽名和鮮紅的蓋印。

「這是德富產業逼我簽的合約，保證不洩漏遷離池袋樂園的內情。因為他們對咖啡廳的騷擾變本加厲，不惜縱火、派陌生男人跟蹤我，又提供豐厚的搬遷補償，所以我逃了，不想和池袋樂園再扯上關係，而且內人已經過世，沒什麼好留戀了。」

在泡沫時期後，土地蟑螂的手法也推陳出新。德富產業恐怕是和組織掛勾的土地蟑螂。他們不斷騷擾樂園的住戶，然後在住戶吃不消時，提出鉅額補償金，讓對方簽保密合約，並暗示對方違反合約內容可能遭到報復，就這麼一戶戶剷除。難怪外面沒有土地蟑螂的風聲，因為收錢的一方也過意不去。問題是背後是什麼人出資要德富拔釘子戶？土地蟑螂無論在什麼時代都是底層。我想到帝國不動產，或許和北京系的勢力脫不了干係。

「可惡！不能想辦法對付德富產業這間公司嗎，阿誠？」

中華餐館的大叔額頭冒青筋說。

「不好意思，借我看看。」

我借來合約，德富產業代表的名字我很熟悉——塚本孝造，上面也寫著公司地址和電話號碼。我的腦海浮現第二號人物的臉。他像蝙蝠，一面喊中國人是支那人、要他們滾出池袋，一面作帝國不動產的爪牙、要流氓恐嚇日本人。

「鳥井先生，你願意向池袋署申報嗎？丸岡先生家的火災很可能是人為縱火，如果你說出事實，或許警方願意重新調查CRESCENDO的意外。」

事件等於解決了，填寫申報單我很在行。當警方開始調查，德富產業和塚本便不能輕舉妄動，被中排會捨棄。雖然遊行不會因此停息，但第三昭榮大樓將回歸於和平。

不知道為什麼，事情總是不如我所料，肯定是因為我為人天真。

晚上，我在高田馬場站前的家庭餐廳等人時，接到猴子的電話。看來他立刻幫我查到消息了。真為朋友著想的暴力團員。

「我查到塚本孝造的底了。」

情報有先後。第一手是金，再來全是鐵。

「土地蟑螂的德富產業吧。」

「搞屁啊，你要查就不要打給我，讓我為此到處欠人情。他是京極會二線團體的頭。」

「抱歉、抱歉。」

我道歉後，原原本本地說出鳥井老人和第三昭榮大樓的事。猴子聽了嗤了一聲。

「哼，原來是這麼回事，我痛快多了。在遊行隊伍裡非左右翼、唯錢所宗的男人，我反而覺得可信。」

或許如猴子所說，我也討厭意識形態。我看到關谷低頭通過家庭餐廳的玻璃門後，揮手招呼，並對猴子說：

「明年春天，你和我跟崇仔三個一定要一起賞花。」

猴子裝模作樣地說：

「不要鬧了，三個大男人賞什麼花啊。你妹叫什麼？」

「小郭。」

「如果有她在，我就答應賞花。」

小郭為什麼這麼討崇仔和猴子喜歡？我二話不說直接掛了電話。開什麼玩笑，這個覬覦別人妹妹的類人猿。關谷坐在對面的長椅，看著我的臉說：

「你好像很開心。」

「沒這回事。你要吃什麼？」

我遞出菜單。

高頭大馬的關谷意外的喜歡吃甜食，一雙棒球手套似的大手靈巧地切開法國吐司。我開始不知是第幾次再開發和土地蟑螂的說明後，讓他看鳥井老人的合約影本。他的臉色變了。

「我準備把合約和被害者的申報單一起交給警方。之前的火災也有很高的可能是人為縱火。塚本完蛋了。為了中排會好，我勸你們立刻和他劃清界線。」

他瞪著合約的簽名。

「事情沒這麼簡單。我們這類團體不容易籌措經費，而塚本去年捐了一大筆錢；也是因為這筆錢，他才成為第二號人物。如果我們現在和他斷絕關係，他勢必要求我們把錢吐回去。我們已經沒錢了。」

原來是這樣啊。看來風光的民族派也是阮囊羞澀。窮人攻擊窮人，典型的二十一世紀全球主義。

「這可傷腦筋了。如果你們什麼也不做，中排會和塚本會一起沉沒的。」

「我和代表談看看。遊行就在後天，可以請你暫時不要交出申報單嗎？」

今天第二次看到堂堂男子漢和我低頭。雖然電視劇很流行下跪，但這絕不是賞心悅目的景象。我假裝為實際仍未填寫的申報單感到苦惱。

「知道了，我最遲等到這次遊行結束為止。」

我和關谷在餐廳分開。城之內代表的住處是最高機密，他說要走路前往。真像保護公主的騎士。我討厭塚本，但不討厭關谷。敵人也分好人和壞人，這是世界的常態。

遊行當天東京又是好天氣。雖然氣溫只有兩、三度，但我的意志高昂。城之內代表和關谷討論後，做出單純的決定——和第二號人物的塚本保持距離。下星期遊行改在和北口再開發無關的新宿，池袋的街頭也揮別仇恨言論。這一切我已經報告給崇仔了。只要這次遊行平安落幕，池袋便能恢復和平。

我和崇仔在外圍邊開會、邊看中排會在西口公園準備出發。恨民會的久野代表也在，卻不見紅頸堀口的身影。

「做得很好。遊行換到新宿後也能拜託G少年護衛嗎？」

久野像氣定神閒的大少爺。崇仔連笑也不笑地說：

「我們只保護我們的城市。」

專心做正業，或許才是上策。我寧可早點回家顧店，也不想跟著沒口德的遊行隊伍。儘管很在意隊伍裡看不到塚本，但我最後說：

「我和關谷已經談好了，中排會不會出手攻擊，所以我們只要管好恨民會和紅頸，就不用擔心。」

驅逐支那人、殺死支那人。

擴音器傳出熟悉的噪音。再過三個小時，就能結束這次的委託。我冷眼看著像出來郊遊的中排會小鬼。

隊伍離開西口公園，繞圓形的五叉路一圈後，回到北口。眾人一路上喊的始終是「去死！」「滾回去！」當遊行隊伍來到西一番街、第三昭榮大樓的街角時，中排會的擴音器喝令隊伍停止行進，似乎和上次一樣要在這裡休息。路程至此已完成三分之一。恨民會的西裝集團在對街按兵不動。

我的視線追隨著城之內代表和如影隨形的巨人關谷。關谷朝我點點頭。看來他們那邊也沒問題。

就在這個時候，恨民會遊行隊伍集合的巷弄裡，另一只擴音器如雷鳴般響起：

「突擊！恨民會被支那人收買了，不要讓他們活著回去！」

黑衣打扮的十數名男人紛紛衝上前，逢人就打。崇仔的動作快過警方聚集，他帶著王的威嚴命令：

「保護恨民會。」

遊行隊伍裡的武鬥派G少年隔開雙方。黑衣集團顯然不是紅頸，因為他們攻擊的是恨民會。警車鳴笛聽來似遠似近。

「紅頸上啊！」

巷子裡響起堀口的號令。作工廠勞工打扮的集團一擁而上，形成三方亂鬥；崇仔踏著舞蹈般輕快的步伐，擊倒塚本的黑衣部下，像在打電動。

支援的警力快到了。塚本或許秉持著不成功便成仁的心態，打算盡量鬧大事情，讓第三昭榮大樓和池袋北口的名聲下滑，和拳擊的身體攻擊一樣累積傷害，有利日後繼續收購土地。反正縱火的事可以找部下頂罪，他只求醜化這條街。我感到怒不可遏。

現場所有人的注意力都在恨民會的亂鬥上，看熱鬧的人比警察早到，又開始拿手機錄影。而我湊巧看到矮小的男人暢行無阻地接近中排會的城之內。他在內側口袋掏出的物品，劃著弧光轉至正面；是刀子。刀身不長，但足夠致人於死。我大叫：

「關谷，代表有危險！」

巨人的動作神速媲美崇仔。他挺身保護城之內文香，以下腹擋刀——乍看之下是這樣，但其實他棒球手套似的手已擒拿住矮小鬼握刀的手，使刀子進退不能。關谷和小鬼難分難解，一灘血在腳邊逐漸蔓延。

我最先通報救護車。不是意外事件，一名男性被刀刺傷，再報上地址結束通話。

我趕到關谷身旁，我和他的交情不深，但就近看著他的眼睛時，一切不言而喻。他圓睜的眼裡閃著歡欣，慶幸他代替城之內文香挨了這一刀。我不知道他對鄰國的看法，只知道笨拙的巨人將種族主義團體的領袖視為異性疼愛。

「你還好嗎？」

他咧嘴笑著點頭時，小鬼掙扎著想脫逃，但他使勁到骨頭嘎吱作響；小鬼哀嚎。

「啊啊！」

「你真是銅筋鐵骨呢。」

「不要說笑了，代表沒事嗎？」

中排會的成員大半被刀子和血嚇跑了。我看著臉色蒼白的城之內文香。

「託你的福，她毫髮無傷。」

西一番街的十字路口隨著救護車和警車的鳴笛聲，被紅光的洪水淹沒。我察看崇仔和G少年，他們保護恨民會不受黑衣人攻擊後，已在警方抵達前消失無蹤。這城市是他們的地盤，多得是藏身的辦法。

關谷在醫院待了十天，不過沒有生命危險：刀子刺進腹部五吋後，被厚實的脂肪和肌肉擋下，未傷及內臟。

因為攻擊城之內代表而當場被逮的小鬼，既不是恨民會、也不是塚本的部下。他叫岡純司（廿三歲），之前常參加中排會的遊行，現在是失業的非常態勞工，因為支持格殺勿論的恐怖主義而遭中排會疏遠。後來他脫離中排會，立刻受到前同志在網路群起圍剿。對他這種人來說，網路世界的攻擊比真實世界傷他更深。

「支那人的間諜」、「冒牌愛國者」、「日本人中的敗類」。他失去如魚得水的人際關係，慘遭同類抨擊；在中排會這類團體的眼中，只有自己人和敵人。他們滿腦子陰謀論，相信敵人全是間諜，收錢為暗中支配日本的中國資本辦事。真心愛國的岡被抹黑為間諜，是壓垮駱駝的最後一根稻草。他曾有多次機會襲擊代表，但塚本的垂死掙扎給了他最好的機會。之後的事，就像我所目睹的。中排會因為排他性太強，所以除了自由主義的恨民會外，自己人也是敵人。畢竟淨化鬥爭是種族主義的習性。

鳥井老人的申報單發揮作用，週刊雜誌將第三昭榮大樓的土地蟑螂視為社會問題。你也曾看到這類聳動的標題吧——中資壟斷日本一級地，很快就會輪到你的城市。

聽說後來塚本孝造忙著和律師開會，撒手不管前樂園，但第二起縱火事件出現死者，他已經完蛋了，只差沒被判定是幕後主使，入獄也是遲早的事。

林高泰煞有介事地為我解開這回事件的謎底，只是這人挑在事情全數落幕後才告訴我，我始終不能確定他真的跟我同一陣線。

他坐在水果店前的護欄，吃著鳳梨串說：

「這回事件令人在意的是，北京方面為什麼突然著急了？帝國不動產和京極會聯手，雇用塚本這種粗暴黑社會的做法，在我國姑且不論，但在日本照理說是禁忌。」

我忍不住出言諷刺。

「我想也是，中國只要行政機關一紙強制執行令，即可隨意讓居民遷移。」

林徹底忽視我。

「中國新上任的國家主席，致力反貪腐。據說北京出資的金主是地方政府領袖的近親，而該名地方領袖和新的國家主席是政敵。現在中國每個月都有政府高官被抓，所以他們失去耐心，鋌而走險只為盡快牟利、回收資金。」

「原來如此。」

紅旗國的新國家主席離我太遙遠，我實在無法想像，只知道時代已來到北京的權力之爭能影響池袋。我一再提到的全球化真是美好呢。林彎著嘴角笑說：

「不過，真是太好了。託你的福，上海的中池共榮會似乎能掌控再開發的主導權。距今十年後，再開發案或許會創造大筆財富。你的大名已傳入上海系的耆老耳中。他們絕不會忘記欠下的人情，對你來說不無益處。」

我不覺得這人情有回收的一天，但讓人欠我一筆人情債也好。

話說今天，仇恨言論的遊行仍繼續在世上某處行進。城之內文香和關谷後來交往了，但奉獻犧牲的愛仍無法融化積雪般的恨，中排會轉戰新宿繼續恨意的遊行。即使解決惡劣的土地蟑螂，也找不到方法使世人不恨外族。比起癌症或香港腳的特效藥，我更想頒發諾貝爾獎給服用後，能讓世界大同的藥。你不覺得這種藥和貝多芬第九號交響曲一樣完美嗎？

第三昭榮大樓在上地衍生的糾擾不再的今天，華陽飯店的大叔依舊硬朗地甩著炒鍋，而配他可惜的大奶中國妻明花也眉開眼笑、很有精神，只是她在夜店工作時養成的習慣，實在令人大傷腦筋。我和崇仔獲得冬季期間在他們餐館吃到飽的優惠，卻因為她愛穿強調身體線條的衣服，讓我們光顧時總不知道眼睛該看哪裡。

有天晚上，我在店裡喝醉後約明花和小郭一起賞花。當時猴子和崇仔也在場。我曾提到倔強的小郭莫名受池袋兩大年輕領袖的喜愛吧？

所以在春季時，我的煩惱很荒唐的，竟是從他們手中保護可愛的妹妹。乾脆在池袋重新展開仇恨言論的遊行吧。團名是堅妹會，簡稱自「堅決隔離髒男人以保護清純妹妹會」。如果是這樣的團體，我願意擔任領袖。

閹割所有染指別人妹妹的男人！

強制驅逐他們出境！

賜死妹妹的大敵！

我很樂意參與這樣的遊行，因為我死也不想成為猴子或崇仔的大舅子。

石田衣良系列 14

恨意的遊行：池袋西口公園 11
憎悪のパレード 池袋ウエストゲートパーク11

作者　石田衣良（Ishida Ira）
譯者　亞奇
主編　張立雯
封面設計　白日設計
排版　極翔企業有限公司

社長　郭重興
發行人兼出版總監　曾大福
出版　木馬文化事業股份有限公司
發行　遠足文化事業股份有限公司
地址 231新北市新店區民權路108之4號8樓
電話 02-2218-1417　傳真 02-8667-1891
email: service@bookrep.com.tw
郵撥帳號 19588272 木馬文化事業股份有限公司
客服專線 0800221029
法律顧問　華洋國際專利商標事務所 蘇文生 律師
印刷　成陽印刷股份有限公司
初版1刷　2017年5月
初版2刷　2020年11月
定價　新台幣260元

ISBN 978-986-359-396-6

國家圖書館出版品預行編目(CIP)資料

恨意的遊行：池袋西口公園. 11 / 石田衣良著；亞奇譯. -- 初版. -- 新北市：木馬文化出版：遠足文化發行, 2017.05
面；　公分. --（石田衣良系列；14）
譯自：憎 のパレード：池袋ウエストゲートパーク11
ISBN 978-986-359-396-6（平裝）